public aFairs

Der Autor:

Peter Borstel (Jahrgang 1965) ist Journalist und PR-Berater. Er lebt in Bad Homburg und veröffentlichte bereits mehrere Bücher mit regionalem Hintergrund. Nach „Hessisch Roulette“ ist „Saalburg-Komplott“ nun sein zweiter Kriminalroman.

Peter Borstel

Saalburg-Komplott

Der neue Bad Homburg Krimi

public aFairs

Die Handlung ist frei erfunden.

Ähnlichkeiten mit Personen sind rein zufällig und nicht beabsichtigt.

Erste Auflage, September 2018
public aFairs, Bad Homburg
Umschlaggestaltung: Christian Eickmanns,
Written Graphics, Schifferstadt
Druck: Top-Buch.de, Offenbach
ISBN: 978-3-00-060168-2
www.publicafairs.de

Prolog

Die beiden Männer haben ein paar Stunden auf der Außenterrasse des Restaurants auf der Kaiser-Friedrich-Promenade verbracht. Der lauschige Maiabend hat es gut mit ihnen gemeint. Anders als in den Tagen zuvor blieben die Temperaturen selbst nach Einsetzen der Dämmerung recht angenehm. Bei exquisitem Essen und viel Alkohol wurden gemeinsame Erlebnisse von damals ausgetauscht. Nun ist die Zeit zum Aufbruch gekommen. Gegen Ende der Zusammenkunft verabschieden sich die alten Freunde mit einer herzlichen Umarmung. Dann schreitet einer der zwei mit seinem Trolley auf die Straße zu, wo just in diesem Augenblick ein Taxi vorfährt. Während die Kofferraumtür zuklappt, steigt er ein – hinten rechts, denn er hat keine Lust auf eine Unterhaltung mit dem Fahrer. Jetzt nicht, in diesem Moment möchte er mit sich und seinen Gedanken allein sein. Gleich darauf setzen sich die Räder in Bewegung.

Wie in Trance rauscht die Stadt im Dunkeln an ihm vorbei. Er sieht die Russische Kapelle mit ihrem goldenen Türmchen zu seiner Linken und die eleganten Villen auf der rechten Seite. Eine Minute später passieren sie den Europakreisel und biegen danach an der Ampel links in den Hessenring ein. Es geht unter der Bahnbrücke durch und dann führt die Pappelallee schnurgeradeaus auf die Autobahn vor dem Bad Homburger Kreuz. Er kennt die Strecke im Schlaf, er ist sie Hunderte Male gefahren. So war es auch in dieser einen Nacht, die viel verändert hat. Als er auf dem Rücksitz über frühere Zeiten nachdenkt, kommen ihm unzählige Dinge wieder in den Sinn. Schon die ganze Woche haben ihn die lange zurückliegenden Ereignisse eingeholt. Manches hatte er im Laufe der Jahre verdrängt, aber mittlerweile spielt sich die Erinnerung exakt vor seinen Augen ab.

Der Taxigast lächelt. Er ist an diesem frühlingshaften Abend mit sich und der Welt zufrieden: Der Wein, die Geschwindigkeit und das soeben beendete Treffen tragen zu seiner guten Stimmung bei. Auch sonst befindet sich bei ihm alles im Einklang. Das war nicht immer so gewesen. Erst vor wenigen Tagen hat er seinen Frieden geschlossen, mit sich und dem, was geschehen war. Ab sofort heißt es, die Vergangenheit ruhen zu lassen und nur noch in die Zukunft zu blicken. Er fühlt sich frei, weil er loslassen konnte und die ganze Last abgeworfen hat, die ihn so lange bedrückte. Sein Leben hat wieder Fahrt aufgenommen, nicht nur weil er in diesem Moment über die Autobahn donnert. Es war gut, sich der Herausforderung mutig zu stellen. Die Aussichten sind bestens und es scheint so, als könne er in Homburg noch mal richtig durchstarten. In diesem Gefühl der Glückseligkeit fällt ihm die nächste Begebenheit von früher ein.

1.

Zwei Kinder spielen Römerlager. Sie wollen das Riesenreich gegen die barbarischen Räuberbanden schützen. Ein Wall muss her, um die Attacken der Feinde zu erschweren.

„Wir bauen einen Limes“, sagt der eine Junge zu dem anderen.

Kaum hat er die Worte ausgesprochen, legt er mit riesigem Eifer los und setzt sein Vorhaben in die Tat um. Er nimmt die hölzernen Stöcke, die der Bewuchs am Rande des Kirdorfer Felds hergibt, und steckt sie in den Boden. Die Zwischenräume füllt er mit Ästen, die er aus dem Gestrüpp abbricht, und einigen herumliegenden Steinen.

Mit der Zeit nimmt die Grenzlinie auf dem Feldweg so langsam Gestalt an. Nach einer Dreiviertelstunde ist das Bauwerk fertig. Auf einer Strecke von gut zwanzig Metern zieht sich ein kleiner Wall, der die gegnerischen Angriffe aufhalten soll.

„Ihr Eindringlinge könnt kommen, ihr werdet euer blaues Wunder erleben“, posaunt er seine Botschaft stolz in die sanft hügelige Landschaft des Vordertaunus hinaus.

Der andere der beiden verhält sich teilnahmslos. Er hat seinem Freund bei der Arbeit zugeschaut und nichts dazu beigetragen. Als dessen Werk vollendet ist, bricht er in ein lautes höhnisches Gelächter aus.

„Das soll ein Grenzwall sein ...?“, spricht er und hüpft über die flach geratene Befestigung hin und zurück, um deren Nutzlosigkeit zu demonstrieren. „Ja, die Angreifer werden alle

sterben, weil sie sich totlachen, wenn sie dieses sinnlose Bauwerk sehen.“

Er wiederholt das Hin- und Herspringen mehrfach und gibt seinen Freund so der Verächtlichkeit preis. Anschließend trampelt er auf der Verteidigungsanlage herum und beginnt, sie zu zerstören. Um seinen Angriff noch authentischer zu machen, zieht er ein Fläschchen mit brennbarer Flüssigkeit aus der Jackentasche. Damit tränkt er einen Teil des kleinen Limes und zündet ihn an.

Der andere Junge ist gekränkt und will das nicht auf sich sitzen lassen. Er fühlt sich und das Römerreich verraten, jede Mauer gilt als heilig. Sein Freund ist größer als er, körperlich kann er nichts ausrichten. Doch während er versucht, die Flammen auszutreten, sieht er sein selbst gebautes Holzschwert, das in unmittelbarer Nähe an einem Baumstamm lehnt. In seiner Wut ergreift er die Waffe. Ohne zu zögern, holt er aus und stößt dem anderen die Vorderspitze mit voller Wucht gegen den Kopf. Es ertönt ein dumpfes kurzes Geräusch und der Getroffene sinkt zu Boden, ohne einen Laut von sich zu geben.

Die kurze Schlacht mit Feuer und Schwert ist vorüber. Das Römische Reich hat gesiegt und der Limes konnte der Bedrohung standhalten. Diese Nachricht wird Kunde machen, kein Barbar dürfte einen neuerlichen Besuch wagen.

Tag eins: Montag

2.

Der gut gekleidete Herr im dunklen Anzug hat seine Vortragspräsentation unter donnerndem Applaus beendet. Als Zeichen zum Trinkspruch hebt er den Metallbecher mit der rechten Hand leicht an.

„Das Wort Prosit ist lateinischen Ursprungs", klärt er die Anwesenden auf. „Es heißt übersetzt so viel wie: Es möge nützen! Diese Aussage passt wie ein römisches Schwert zum Schild. Wir haben hier eine Jahrhundertchance, die sich unsere Stadt nicht entgehen lassen darf."

Nun zieht er den Becher in Mundhöhe nach oben.

„Prosit! Es möge uns allen nützen!", ruft er der Runde zu.

„Prosit!", schallt es vielstimmig zurück.

Es folgt der Auftritt eines halben Dutzends junger Frauen und Männer in römischer Kluft. Sie tragen Tabletts in Schulterhöhe und servieren die Vorspeise für die Gäste: Caesar-Salat auf antike Art.

Nik Herzberg fühlt sich an die Monumentalfilme von früher erinnert: *Ben Hur, Quo Vadis* oder *Der Untergang des Römischen Reiches*. Ähnlich war es dem Reporter von der Hochtaunus-Post bereits ergangen, als er die Einladung zu dieser Veranstaltung erhalten hatte. ‚Ein römischer Abend auf der Saalburg' wurde darin angekündigt. Das wäre an sich noch nichts Besonderes gewesen. Schließlich finden in dem rekonstruierten Römerkastell häufig solche Spektakel statt: Märkte und historisches Treiben, Demonstrationen mit altertümlichen Waffen oder Familienfeiern im römischen Ambiente.

Doch bei dieser Römer-Geschichte ist es anders, sie sorgt bei Nik von Anfang an für einen Aha-Effekt. Sein Interesse begründet sich aus dem Anlass des Ereignisses, das am Vorabend der Internationalen Messe für Veranstaltungsstätten und Kongresse – kurz „IMEV" – stattfindet: Leo von Burtenbach, laut eigener Einschätzung ein Investor von Weltrang, hat zur Vorstellung seines neuen „Colosseum" eingeladen. Hinter dem Namen verbirgt sich ein gewaltiges Business- und Tourismusprojekt im römischen Stil. Es soll hinter dem Bad Homburger Bahnhof entstehen. Im „Gewerbepark Mitte", wo einst traditionsreiche Firmen wie Horex beheimatet waren, plant er einen riesigen Hotel-, Shopping- und Entertainmentkomplex – was neudeutsch gerne ein bisschen großspurig als „Integriertes Resort" bezeichnet wird. Vereinfacht gesagt befinden sich Übernachtungsmöglichkeiten, Freizeitangebote, Geschäfte, Gastronomie und Unterhaltungsaktivitäten unter einem Dach. An Wochentagen sollen internationale Tagungen das Haus füllen, am Wochenende dann Familien mit Kindern. Der größte Saal wird ein gigantisches römisches Amphitheater werden, wo es multimedial „Brot und Spiele" gibt: Im Mittelpunkt steht eine spektakuläre Show, die den Zuschauer dreidimensional und klanglich in die Antike versetzt. Spritzende Wassereffekte und szenisch angepasste Düfte vermitteln den Leuten das Gefühl, ein Teil des Geschehens zu sein. Und um der Sache ein bisschen Authentizität zu geben, ist ein Shuttle-Verkehr vom Colosseum zum Römerkastell Saalburg vorgesehen. So geht es in gut zehn Minuten aus der künstlichen Traumwelt in die archäologische Vergangenheit des einstigen Weltreichs.

Der aus Bad Homburg stammende Unternehmer Leo von Burtenbach hat in den USA ein ähnliches Hotel- und Freizeitprojekt verwirklicht. Jetzt will er auch daheim im idyllischen Hochtaunus „das ganz große Rad drehen", wie er unbescheiden verkündet. Durch die geplante Verkleinerung eines bestehenden Betriebes wird im Gewerbegebiet ein fast drei Fußballfelder großes Grundstück frei. Hier könnte zügig mit dem Bau begonnen werden. Investor von Burtenbach hat nach eigener Aussage einen Vorvertrag für den Erwerb der frei werdenden Flächen abgeschlossen. Erst vor zwei Wochen verkündete er sein Ansinnen erstmals über die Medien in der Öffentlichkeit. Er möchte „der Stadt, in der er aufgewachsen ist, ein wenig zurückgeben", führt er auch persönliche Gründe für das Engagement an. Kindheit und Jugend in Homburg hätten ihn geprägt und damit maßgeblich zu seinem internationalen Erfolg beigetragen.

Die erste Reaktion auf seinen Vorstoß war gigantisch, jedoch sind die Meinungen in der Stadt seitdem ziemlich geteilt. Für die einen ist er ein Spinner, der mit seinem Größenwahn eine Investitionsruine schaffen wird.

Andere sehen wiederum ihre Ruhe bedroht, die für einige schon bei sommerlichen Open-Air-Veranstaltungen in Gefahr gerät. So mancher Pendler fürchtet noch mehr Staus auf der B456, weil der Römertourismus an der Saalburg zunimmt. Auch die örtliche Hotellerie ist nicht begeistert, sie dürfte dieses Vorhaben die eine oder andere Übernachtung kosten. Von 900 Betten ist die Rede, was die Kapazitäten in der Kurstadt mit einem Schlag um ein Viertel erhöhen würde. Es existieren aber genauso Befürworter, die sich von dem Projekt weitere Schubkraft für Bad Homburg versprechen. Da dürfe einfach nicht zu kleinkariert gedacht werden, lautet ihre veröffentlichte Meinung in Artikeln und Leserbriefen in der Hochtaunus-Post.

Auffällig ist, dass sich die örtliche Politik mit klaren Bekenntnissen zurückhält – Chancen und Risiken müssten sorgsam abgewogen werden, lautet der diplomatische Tenor aus den Fraktionen. Dieser selbstverordneten Zurückhaltung entsprechend hat sich von der ersten Garde an diesem frühlingshaften Maiabend niemand in der „Taberna" blicken lassen. Lediglich zwei politische Außenseiter sind der Einladung gefolgt und hinauf zur Saalburg gefahren.

Etwas mehr Präsenz zeigt die Homburger Wirtschaft, die sich vom Römerprojekt zusätzliche Geschäfte erhofft. Ein lokaler Bauunternehmer, Moritz Weiss, ist Tischnachbar von Nik Herzberg und redet seit einer Viertelstunde auf den Journalisten ein.

„Einfach wunderbar, was Herr von Burtenbach hier auf die Beine stellen möchte“, meint Weiss. „Mit dem Colosseum können wir unser touristisches Potenzial ausschöpfen und gleichzeitig eine richtige Marke im internationalen Kongressgeschäft werden.“

„Sind Sie sicher, dass diese Römer-Geschichte zu seriösen Kongressen passt?“, will Nik wissen.

„Natürlich, künftig werden Veranstaltungsformate ohnehin viel erlebnisreicher werden. Der staubtrockene Kongress hat ausgedient. Das bei uns in Homburg geplante Konzept funktioniert ja auch in Amerika. Ich habe es in Florida mit eigenen Augen gesehen. Die Herberge ist dort prall gefüllt, sieben Tage in der Woche.“

„Amerika? Das klingt nach unbegrenzten Möglichkeiten. Schneller, höher, weiter“, sinniert Nik. „Und wie sieht es da mit dem Flair unserer gediegenen Kurstadt aus? Geht das nicht durch so einen Rummelplatz verloren?“

„Na ja, hinter dem Bahnhof haben wir beim Flair noch Luft nach oben. Und wir können nicht ewig von den Hölderlins oder Ehrlichs leben“, entgegnet Moritz Weiss. „Ein bisschen Aufbruchsstimmung tut uns sicher gut. So schlagen wir eine Brücke vom historischen Weltkulturerbe am einstigen römischen Limes zu Gegenwart und Zukunft im Colosseum. Es handelt sich also nicht um irgendeine Sache, die einfach wild in die Landschaft gesetzt wird. Sondern um ein Projekt mit Bezug zur frühzeitlichen Geschichte in diesem Landstrich.“

„Halten Sie die alten Römer wirklich für so zugkräftig?"

„Schauen Sie, derzeit kommen jedes Jahr rund 125 000 Besucher auf die Saalburg, damit sie römische Luft atmen können. Das zeigt das riesige Interesse an dem Thema. Fast jedes Kind liebt Asterix und Obelix. Trotzdem besteht bei der Jugend ein bisschen Nachholbedarf, wie die jüngsten Zahlen zeigen. Da kann ein kleines multimediales Spektakel nicht schaden. Die jungen Leute fahren auf so was ab."

„Geht es Ihnen eigentlich nur um das Wohl der Stadt?", fragt Nik mit einem Augenzwinkern. „Oder wollen Sie für Ihre Baufirma auch lukrative Aufträge ergattern?"

Als Nik den zweiten Teil der Frage stellt, klingelt das Smartphone des Gegenübers. Der hat sich – passend zu seinem Namen – einen originellen Begrüßungston ausgesucht: „Ganz in Weiß" von Roy Black. Moritz Weiss schaut kurz auf das Display und drückt den Anrufer weg. Er wendet sich wieder Nik Herzberg zu.

„Das eine muss das andere nicht ausschließen", entgegnet der Unternehmer. „Wenn sich Angenehmes mit Nützlichem verbinden lässt, warum nicht? Das sage ich als Lokalpatriot und Geschäftsmann. Schon die Römer haben hier Straßen errichtet, auch, um den Handel zu fördern. Und sie kannten andererseits die heilende Wirkung des Quellwassers, was sich die Homburger im 19. Jahrhundert zunutze gemacht haben."

„Glauben Sie denn, dass die Firmen aus unserer Region beim Bau überhaupt berücksichtigt werden? Oder könnte Herr von Burtenbach seine internationalen Kontakte spielen lassen und alle einheimischen Anbieter schauen in die Röhre …?"

„Sicher wird ein solches Mega-Projekt ausgeschrieben", erklärt Moritz Weiss. „Und natürlich hat der Bauherr bei einer solchen Ausschreibung ein Interesse daran, möglichst günstige Anbieter zu finden. Doch um das Colosseum erfolgreich betreiben zu können, braucht es einflussreiche lokale Unterstützer. Die wird er bestimmt nicht vergrätzen wollen ..."

Bäng, bäng! Die Anwesenden schauen auf: Wie in den alten Römerfilmen hat der Gastgeber mit angehobenen Händen zweimal laut geklatscht. Das ist das Zeichen für den nächsten Gang.

Und während serviert wird, richtet Investor Leo von Burtenbach noch ein paar zusätzliche Worte an seine Gäste.

„Nach der Vorspeise kommt die Zwischenmahlzeit", betont er. „Und das mit der Mahlzeit ist wörtlich zu verstehen. Wir reden ja beim Colosseum nicht nur von einem Leuchtturm für das Rhein-Main-Gebiet und darüber hinaus. Auch die Gewerbesteuer wird wie Manna vom Himmel fallen und in Millionenhöhe fließen; von mehr als dreihundert dauerhaften Arbeitsplätzen und den Dienstleistungsaufträgen für die örtliche Wirtschaft ganz zu schweigen."

Erneut gibt es Applaus von den Gästen. Allerdings fällt der Beifall bescheidener aus. Vermutlich sind alle gedanklich mit ihrem Wein und dem Essen beschäftigt. Da lockt der gleich servierte Bissen mehr als die Aussicht auf weitere Steuereinnahmen für die Stadt.

Die historischen Darsteller servieren verschiedene Kompositionen mit römischem Kräuterkäse.

Im Angesicht der leckeren Speisen wirft Nik Herzberg seinem gesprächigen Nachbarn einen genussvollen Blick zu. Und während er den ersten Happen zu sich nimmt, macht er sich mit der anderen, freien Hand ein paar Notizen.

„Darf ich das alles schreiben?", fragt er. „So wie Sie es gerade gesagt haben?"

„Ich bitte sogar darum", entgegnet Moritz Weiss ein wenig gönnerhaft.

„Gut, ich schicke morgen Vormittag einen Fotografen bei Ihnen vorbei."

„Machen Sie das!"

Beide verzehren wie die anderen Anwesenden ihren Zwischengang. Die Stimmung wirkt entspannt. Dazu tragen die eigens zur Messe angereisten Gäste bei. Sie bilden an diesem Abend die zweite wichtige Gruppe neben den lokalen Firmenchefs. Bei ihnen handelt es sich überwiegend um Veranstaltungsplaner und Vertreter von Fachmedien der Kongressbranche. Sie sind es gewohnt, sich kostenlos und exquisit verköstigen zu lassen. Gutes Essen und die große Vision sorgen für beste Laune.

Es bleibt aber nicht dabei. Als der Hauptgang „Boletti Funghi" – gebratene Champignons in Honig karamellisiert – ansteht, wird Moritz Weiss plötzlich zur Zielscheibe.

Ein Mann, der einige Minuten vorher den Raum verlassen hatte, läuft in seine Richtung. Er hält an, duckt seinen Kopf, um sich Nik Herzberg zuzuwenden und dem Journalisten etwas mitzuteilen.

„Schreiben Sie auch bitte noch dazu, dass Herr Weiss einen solchen Großauftrag bitter nötig hat", sagt der Mann mittleren Alters. „Der feine Mensch bezahlt nämlich seit Monaten seine Geschäftspartner und Lieferanten nicht mehr. Ich könnte da einiges erzählen", fügt er im Vorbeigehen hinzu. „Demnächst werde ich mich bei Ihnen melden, Herr Herzberg."

Der überraschende verbale Angriff hinterlässt Wirkung: Die Stimmung erscheint nach diesem Auftritt deutlich gedämpfter. Angesichts des Geräuschpegels haben die meisten anderen Gäste die kleine Szene gar nicht mitbekommen. Doch der überschwängliche Ausdruck des Bauunternehmers ist verflogen, er wirkt nun recht angesäuert.

„Alles üble Nachrede", meint Moritz Weiss. „Lassen Sie sich von diesem Störenfried nicht irgendwelche Lügen auftischen."

„Wer war das?", erwächst in Nik die Neugier, nachdem der Mann aus der unmittelbaren Reichweite entschwunden ist.

„Keiner, für den es sich lohnt, sich den schönen Abend vermiesen zu lassen. Konstantin Kaiser, ein Architekt, der angeblich noch Geld von mir zu erhalten hat. Wir waren bis vor einiger Zeit sogar mal befreundet."

Konstantin Kaiser, welch ein Geschenk! K und K, das kann sich Nik Herzberg ganz sicher merken. Er schreibt sich den Namen des Störers nicht auf, er möchte seinen Tischnachbarn nicht brüskieren oder vorwarnen. Je nachdem, welche Resonanz der Artikel über die Ansichten des Bauunternehmers Weiss geben wird, hätte er eine weitere Story parat. So könnte Nik schnell reagieren, wenn an der soeben erlebten Anklage ein Körnchen Wahrheit dran sein sollte. Möglicherweise melden sich durch die Veröffentlichung noch weitere „Weiss-Geschädigte".

Indes wird der Nachtisch – eine Komposition von Limes-Waldbeeren – gereicht und die Gemüter haben sich beruhigt. Der Gast mit dem abschätzigen Kommentar setzt sich ans andere Ende in der Taberna, außerhalb der Hörweite. Und der beschimpfte Moritz Weiss geht zur Tagesordnung über. Jedoch hat seine Gesprächigkeit merklich nachgelassen.

Bevor sich der römische Abend auf der Saalburg seinem Ende zuneigt, ergreift Gastgeber Leo von Burtenbach noch einmal das Wort.

„Vale!", verabschiedet er die Gäste auf Lateinisch. „Gehet hin und verkündet der Welt von unserer Utopie", sagt er ganz im Stil eines Imperators. „Ich bedanke mich für Ihr Erscheinen und freue mich, den einen oder anderen in den nächsten drei Tagen auf der Messe zu treffen. Natürlich stehe ich auch noch für Fragen zur Verfügung.“

Ein letztes Mal brandet Applaus auf, der eine halbe Minute lang anhält. Als der Beifall abklingt, bedeutet dies für die meisten das Signal zum Aufbruch. Die Teilnehmer erheben sich und gehen langsam zum Ausgang.

Auch Nik Herzberg hat für heute genug gehört. Es ist eine gute Stunde vor Mitternacht, die ideale Zeit zu gehen, um noch einigermaßen früh ins Bett zu kommen. Er steht auf, verabschiedet sich von seinem Tischnachbarn und geht kurz darauf an zwei römischen Fackelträgern vorbei ins Freie. Eiserne Feuerkörbe leuchten und weisen flackernd den Weg zum Ausgang des Kastells. Das hat was, denkt er sich, dieser flammende, anmutige letzte nächtliche Eindruck von der Saalburg. Draußen ist es mittlerweile recht frisch geworden; Frühlingsnächte können sehr kalt sein. Gut, dass sein Auto gleich in der Nähe steht. Wenige Schritte hinter der Drehtür des Metallzauns befindet sich der Parkplatz. Nur mit einem Hemd und dem ausgebleichten blauen Jackett bekleidet ist Nik froh, als er in seinem kleinen City-Flitzer sitzt; ab geht es nach Hause. Gleich am nächsten Morgen will er sich am Redaktionsschreibtisch intensiv des Themas Colosseum annehmen.

Tag zwei: Dienstag

3.

Trotz des späten Abendmahls hat Nik Herzberg gut genächtigt. Als kleinen Einschlaftrunk hatte er sich noch eine Flasche Bier gegönnt. Nach dem Aufstehen gibt es eine spontane Programmänderung. Die gestrige Veranstaltung auf der Saalburg hat ihn dazu animiert: Bevor sich der Lokalredakteur in die Räume der Hochtaunus-Post begibt, möchte er ein paar Eindrücke vom Messetreiben erhalten. Vielleicht kann er sogar Leo von Burtenbach an dessen Stand persönlich interviewen.

Nik verlässt seine Altstadtwohnung, erhascht im Vorbeigehen einen Blick auf den stolzen spätmittelalterlichen Rathausturm, reflektiert dabei Vergangenheit und Zukunft. Er betrachtet das erhabene Bauwerk mit der schrecklichen Historie; früher wurden darin der Hexerei bezichtigte Frauen vor ihrer Hinrichtung eingesperrt. Die Menschheitsgeschichte hält viele Grausamkeiten bereit, das dürfte in der Römerzeit nicht anders gewesen sein. Ein Investor vom Schlage eines Leo von Burtenbach wird sich allerdings kaum auf solche Schattenseiten der Geschichte einlassen. Für ihn geht es nur um das große Spektakel, ist Nik überzeugt.

Er will die gut anderthalb Kilometer zum Bahnhof zu Fuß laufen. Trotz des strahlend blauen Himmels fühlt es sich noch deutlich kühler an als in der vergangenen

Nacht. Gegenüber dem Vorabend trägt Nik eine neue Hose und ein frisches Hemd. Nur sein Reporter-Jackett ist das gleiche wie gestern. Er hatte es nach seiner Heimkehr von der Saalburg an die Brüstung des kleinen überdachten Balkons gehängt. So konnte der Geruch des Abendessens herausgelüftet werden. Nik sollte mal wieder in die Reinigung gehen und ein paar Klamotten abholen, fällt es ihm ein. Dann hätte er bei der Wahl seiner Garderobe auf einen Schlag deutlich mehr Auswahl. Dafür müsste er erst mal den kleinen blauen Abholschein finden, den er schon vor Wochen gesucht hat. Sicher wäre es angebracht, seinen wilden Single-Haushalt endlich auf Vordermann zu bringen. Oder eine Frau zu finden, die ihn auf Trab hält.

Weil er in der dünnen Kleidung friert, unterbricht Nik seinen Fußmarsch an der betriebsamen Haltestelle gegenüber dem Kurhaus. In zwei Minuten soll der Bus kommen. Schnell kauft er sich ein Ticket am Automaten. Er entscheidet sich für eine Tageskarte. Zum Glück nimmt der automatische Geldeinzug seinen zerknitterten Zwanzig-Euro-Schein im dritten Versuch an. Nachdem er den Fahrschein herausgegriffen hat, prasselt das Wechselgeld wie bei einem einarmigen Banditen auf die silberne Fläche. Geldwäsche, schmunzelt er. Nik öffnet die Glasklappe, entnimmt die Münzen und steckt sie in die Hosentasche. Kurz darauf steigt er mit zahlreichen anderen Menschen in den vorgefahrenen Bus ein. Glücklicherweise sind noch ein paar Sitzplätze frei, denn gefühlt haben die Fahrer in Homburg einen Affenzahn drauf. Wer steht und sich nicht gut festhält, gerät in den Kurven oder beim Anfahren der Haltestellen ziemlich ins Wanken.

Nik beobachtet das Treiben aus dem Fenster, die Stadt ist erwacht. Die Fahrt geht zuerst durch die Louisenstraße und dann über die Thomasstraße in die Schöne Aussicht. Obwohl an diesem Dienstag wieder Markttag ist, hält sich der Verkehr im Zentrum in Grenzen. Der Bus kommt zügig durch, die S 5 um 9:15 Uhr Richtung Frankfurt wird Nik bequem erreichen. Am Bahnhof hat er sogar noch ein paar Minuten Zeit. Da er kaum gefrühstückt hat, zieht er sich im Vorbeigehen noch schnell ein Salamibrötchen rein. Auf den „Coffee to go" aus einem Pappbecher mit Deckel verzichtet er. Nik ist leidenschaftlicher Kaffeetrinker, aber er hasst es, das Heißgetränk in der S-Bahn zu sich zu nehmen. Nicht, weil er das für stillos hält, vielmehr mag er es nicht, wenn es beim Trinken schaukelt und ruckelt. Der Gedanke, den Kaffee bei einer Vollbremsung auf der Hose des Gegenübers zu sehen, missfällt ihm.

„Nächster Halt Messe!", tönt es aus dem Lautsprecher der Bahn. Das ist das Zeichen zum Aussteigen. Einige Damen und Herren in Businesskleidung sind bereits aufgesprungen und marschieren in Richtung Tür. Als die Bahn in die Station einfährt, erhebt sich Nik und steigt mit den anderen aus. Er folgt ihnen in Richtung Rolltreppe, die nach oben zur Besucher-Hauptader „Via Mobile" führt. Auch dieser Name klingt römisch, schießt es Nik durch den Kopf. Inzwischen hat er das Torhaus durchlaufen.

Musikalisch begleitet marschiert er mit zügigem Schritt auf dem Rollband entlang der Halle 8 schnurstracks Richtung Galleria.

Am Ende des Weges schreitet er die weiße Treppe hinab und biegt zum Eingang ab. Bevor es ins Veranstaltungsgetümmel geht, muss er sich ein Stockwerk höher im Pressebüro akkreditieren. Am ersten Messetag ist der Andrang ein bisschen größer, doch nach gut zehn Minuten wird ihm sein Namensschild überreicht. Gleich darauf stürzt er sich ins Geschehen, wobei die Gänge und Stände kurz nach der Eröffnung noch recht wenig frequentiert sind.

Nik schaut sich um, macht einen kleinen Rundgang durch die riesige Halle, in der die IMEV stattfindet. Leo von Burtenbachs Messestand kann er auf Anhieb nicht entdecken. Also versucht er, über die Besucher-App der Veranstalter fündig zu werden – mit Erfolg, sein Smartphone spuckt die Standnummer F 1024 aus. Erstaunlicherweise befindet er sich fast in der Nähe, er hat den Stand beim Schnelldurchlauf komplett übersehen. Es sind noch wenige Meter, gleich steht er vor dem Auftritt des großen Investors. Groß ist in diesem Fall relativ. Zugegebenermaßen fällt die Präsentation recht bescheiden aus. Auf einer kleinen Fläche zeigt der Unternehmer von Weltrang ein Modell und eine Bildanimation seines geplanten Bad Homburger Projektes – die gleiche Präsentation, die am vorangegangenen Abend auf einem Bildschirm beim Event innerhalb der Saalburgmauern lief.

Zielstrebig geht Nik zu dem Stand. Er kann Leo von Burtenbach nicht entdecken. Immerhin steht eine jüngere Mitarbeiterin am Tresen. Die Dame könnte er ansprechen, er marschiert auf sie zu. Und siehe da, die Kontaktaufnahme bringt ihn einen Schritt weiter.

„Einen Moment, bitte", sagt sie lächelnd, nimmt seine Visitenkarte an sich und verlässt den Stand. Die Wartezeit nutzt Nik, um sich das ausliegende Prospektmaterial über das Colosseum anzuschauen. Er findet jedoch nichts, was er nicht ohnehin schon weiß. Nach gefühlten fünf Minuten kommt die junge Frau zurück, im Schlepptau hat sie den Imperator persönlich, Leo von Burtenbach.

„Ich grüße Sie", gibt sich der Investor volksnah. Er scheint von sich eingenommen zu sein. Davon zeugt der recht kräftige Händedruck, der Nik spürbar wehtut. Trotz des leichten Schmerzes schafft es der Journalist, das Lächeln beizubehalten, wenn auch ein wenig gequält. Bloß nicht das Gesicht verziehen, denkt er sich. Er möchte die Konversation auf Augenhöhe führen und nicht bereits vorab vor dem großen Zampano kapitulieren.

„Ich erinnere mich. Sie waren gestern auch da", stellt der lang aufgeschossene Unternehmer fest. „Wie hat Ihnen unser Abend auf der Saalburg gefallen?"

„Ja, das war alles äußerst beeindruckend", meint Nik. „Dieses wunderbare Ambiente, das leckere römische Essen, die Kleidung der Bedienung und natürlich dazu passend Ihr Großprojekt", lobt er, um so die Gesprächsatmosphäre gleich zu Beginn positiv zu beeinflussen. Dadurch hofft er, sein Gegenüber wohlwollend zu stimmen und ihm zusätzliche Informationen zu entlocken.

„In der Tat, genauso spannend wie unser Event sehen die Veranstaltungen der Zukunft aus. Den nüchternen Tagungsraum mit Omas Gardine zum Abdunkeln bucht keiner mehr."

„Haben Sie ein paar Minuten für mich Zeit, Herr von Burtenbach?", fragt Nik.

„Aber klar doch. Für die Hochtaunus-Post immer. Ich gehöre zu Ihren eifrigsten Lesern, wenngleich ich die meiste Zeit in Florida verbringe. Selbst in den Staaten hole ich mir Ihr Blatt morgens als Erstes auf mein Tablet. So bleibe ich immer auf dem Laufenden darüber, was in unserer Stadt abgeht. Allerdings bin ich in ein paar Minuten verabredet, mit einem Architekten und Interior-Designer, der übrigens auch aus Homburg kommt. Bis er da ist, können wir uns gerne unterhalten. Bitte setzen Sie sich."

Von Burtenbach deutet auf einen Stuhl in der winzigen Besprechungsecke des Messestandes. Beide lassen sich nieder, die junge Hostess von vorhin fragt nach Getränken. Jetzt nimmt Nik einen Kaffee, sein Gesprächspartner ebenso.

„Das Modell sieht beeindruckend aus", schmiert der Reporter dem Gegenüber weiter Honig um den Bart.

„Welche Ziele verfolgen Sie denn hier auf der Messe, wo Sie mit dem Bau noch gar nicht begonnen haben?"

Die Lobhudelei funktioniert. Der Angesprochene zeigt sich redselig.

„Rom wurde auch nicht in einem Tag erbaut“, erwidert Leo von Burtenbach. „Im Vergleich dazu wird das Colosseum in rekordverdächtiger Zeit errichtet werden. Ich gehe fest davon aus, dass wir in anderthalb Jahren alle baulichen und bürokratischen Hürden überwunden haben“, blickt er optimistisch nach vorn. „Einschließlich Kaufprozess, Bebauungsplan, Baugenehmigung, Bodensanierung und dem Abriss von Altgebäuden.“

Nach einem kurzen Atemzug kommt er zum Kern der Frage.

„Anschließend können wir mit dem Bau sofort loslegen und weitere 20 Monate später werden wir eröffnen. Da viele Großveranstaltungen über Jahre hinaus vergeben werden, müssen wir hier und heute für uns werben. Aus diesem Grund sind wir auf der Messe vertreten.“

„Es gab in jüngerer Vergangenheit in Deutschland einige Großprojekte, bei denen sich der Bau in die Länge gezogen hat“, wirft Nik ein, während er eifrig mitschreibt. „Finanziell sind sie den Steuerzahler recht teuer zu stehen gekommen.“

„Da sind Leute am Werk gewesen, die nicht mit ihrem eigenen Geld jongliert haben, sondern mit Steuergeldern, die verprasst wurden. Wenn die ihr privates Haus bauen, gehen sie ganz anders mit den Finanzen um, glauben Sie mir. Ich dagegen fühle mich unseren Geldgebern persönlich verpflichtet. Deshalb werden wir am Ende exakt 190 Millionen Euro ausgegeben haben, und keinen Cent mehr.“

„Wo Sie gerade von den Hintermännern sprechen, warum legen Sie deren Namen nicht einfach offen?“, hakt der Journalist nach. „Das würde ein Stück weit mehr Vertrauen schaffen und so manchen Skeptiker beschwichtigen.“

„Kann sein. Aber unter unseren Investoren sind einige superreiche Persönlichkeiten, die nicht so gern im Licht der Öffentlichkeit stehen. Und diese Wutbürger, die in Homburg aufschreien, sobald eine Schule, ein Krankenhaus oder eine Sporthalle gebaut werden, interessieren uns nicht. Darum haben wir uns bewusst für den Standort im Gewerbegebiet entschieden. So brauchen wir uns nicht auch noch mit Anwohnerprotesten herumzuschlagen.“

„Verstehe. Haben Sie das gesamte Geld schon zusammen?“

„Die Finanzierung steht, da können Sie sicher sein“, bekräftigt Leo von Burtenbach.

Er lächelt und schaut auf seine Schweizer Uhr.

„Eigentlich wollte der Herr Kaiser seit zehn Minuten hier sein.“

„Konstantin Kaiser? Ist das der Architekt, mit dem Sie verabredet sind?“, rätselt Nik. „Ich habe ihn gestern Abend auf der Saalburg gesehen und, sagen wir mal, ganz flüchtig kennengelernt.“

„Ja, der will sich hier bei mir präsentieren“, bestätigt Leo von Burtenbach. „Er hofft, zu einem späteren Zeitpunkt bei der Innenausstattung ins Geschäft zu kommen. Normalerweise gehört das gar nicht zu meinen Aufgaben.

Doch es kann durchaus von Vorteil sein, sich auch um solche Details zu kümmern. Ein guter Designer legt Wert auf Top-Materialien und passt auf, dass keine minderwertige 08/15-Ware verwendet wird. Sonst spart die Baufirma bei der Qualität. Wäre nicht das erste Mal.“

Leo von Burtenbach wirft einen erneuten Blick auf die Uhr.

„Mit der Pünktlichkeit scheint er es nicht allzu genau zu nehmen“, stellt der Geschäftsmann fest. „Besonders im Umgang mit meinen Dienstleistern und Lieferanten hasse ich nichts mehr als solche Unzuverlässigkeiten. Bei einem Megaprojekt wie dem Colosseum muss jedes Rädchen in das andere greifen. Sonst funktioniert es nicht. Insofern war es gut, das Gespräch mit Herrn Kaiser hier und heute auf der Messe zu terminieren. Ich kann nun grob einschätzen, woran ich bei ihm bin. Hinterher hätte es womöglich Probleme mit ihm gegeben. Na ja, diese Architekten sind sowieso ein ganz eigenes Völkchen. Die Brüder geben sich immer kreativ, haben mitunter weltfremde Ideen und sind sofort beleidigt, wenn sie kritisiert werden.“

Nik muss los in die Redaktion. Indem er seinen Notizblock einsteckt, deutet er an, dass er gehen will.

„Ich möchte mich auf den Weg machen, meine Artikel warten, Herr von Burtenbach.“

„Natürlich, wer schreibt, der bleibt“, witzelt der Unternehmer.

„Haben Sie vielen Dank für das informative Gespräch.“

Bei der Verabschiedung erweist sich der Journalist als lernfähig. Er schiebt seine Hand mit Schwung in die riesige Flosse des Gegenübers. So kann er einen neuerlichen schmerzhaften Griff vermeiden.

„Herr Herzberg, das Vergnügen war ganz meinerseits. Ich freue mich auf Ihre schönen Berichte.“

Nach dem Treffen verlässt Nik die Messe und bald darauf sitzt er wieder in der S-Bahn.

Kurz vor Oberursel klingelt sein Telefon. Er schaut auf das Display, die Nummer kommt ihm bekannt vor. Es handelt sich um Franziska Fröhling, die von ihm geschätzte Oberkommissarin bei der Kripo Bad Homburg. Ihn beeindruckt die taffe, attraktive Polizeifrau und trotz so mancher gegenseitiger Frotzelei pflegen beide ein gutes Verhältnis.

Nik schiebt den Button des Smartphones nach rechts und nimmt das Gespräch an.

„Guten Morgen, Frau Fröhling, welch holder Anruf an diesem frühlingshaften Tag. Was verschafft mir die Ehre?“

„Das weiß ich auch noch nicht so genau“, meint die Ermittlerin. „Kurz gesagt, wir sind auf jemanden gestoßen, der Sie zu kennen scheint.“

„Sie sprechen in Rätseln, Frau Kommissarin.“

„Tja, wir wurden heute Nacht zu einer männlichen Leiche gerufen, die mit großer Wahrscheinlichkeit ein

Mordopfer ist. Als unsere Gerichtsmediziner den Toten untersucht haben, entdeckten sie einen Zettel, auf dem handschriftlich Ihr Name stand."

„Mein Name? Das ist in der Tat seltsam", grübelt Nik. „Wo sind Sie?"

„Oben an der Saalburg, wo der Tote gefunden wurde. Gar nicht weit vom Eingang zum Kastell entfernt."

„Ich kann gleich dahin kommen."

„Das wäre gut", meint die Ermittlerin. „Eventuell können Sie uns helfen und das Opfer identifizieren. Er hatte nämlich keinen Ausweis oder sonstige Dokumente bei sich."

„Wir haben ja Erfahrung in der gemeinsamen Aufklärung von Mordfällen", erinnert Nik die Polizistin. „Bin in einer Viertelstunde bei Ihnen."

„Okay", erwidert sie. „Allerdings warne ich Sie vor. Was Sie da erwartet, ist nichts für Zartbesaitete."

4.

Kaum ist Nik in Bad Homburg eingetroffen, stürmt er aus dem Zug. Schnurstracks rennt er die Treppe hinab. Den Bahnhof verlässt er im Eilschritt und läuft direkt zum Taxistand. Er steigt in das vorderste Fahrzeug ein und lässt sich zum Ort des Geschehens fahren. Aus dem Auto heraus ruft er in der Redaktion der Hochtaunus-Post an.

Er bittet die Kollegen, eilig einen Fotografen rauf zur Saalburg zu schicken.

„Hörisch rischtisch?“, fragt der ältere Fahrer. „Is do obbe aan Verbräsche bassiert?“

„Ja“, erwidert Nik. „Selbst in den schönsten Ecken des Taunus schrecken die Leute vor nichts mehr zurück.“

„Sin Sie vonne Zeidung?“

„Bin ich. Und offensichtlich gerade ganz dicht dran an einem mordsmäßigen Fall.“

Doch während er frohlockt, spürt Nik eine wachsende Aufregung. Zunächst hatte er die Nachricht von dem unbekannten Toten berufsmäßig entgegengenommen. Wie die meisten Journalisten träumt er davon, einer riesigen Geschichte auf der Spur zu sein. Die Hoffnung auf eine sensationelle Neuigkeit hatte bei ihm alle anderen Gedanken verdrängt. Nun wird er zunehmend nervös und es drängen sich Fragen auf. Wer ist die ermordete Person? Und vor allem, warum hatte sie seinen Namen aufgeschrieben? Angesichts des Leichenfundorts liegt eine Vermutung nahe: Die Sache hat etwas mit dem vorherigen Abend auf der Saalburg zu tun. Für Nik wäre das garantiert die angenehmere Variante. Denn dann würde der Tote nicht aus seinem privaten Bekanntenkreis stammen. Aber was ist, wenn nicht …?

Das Taxi erreicht die Passhöhe, biegt nach links ab und fährt den Bogen nach rechts. In Höhe des Gasthofes sind bereits Polizeiautos zu sehen. Als das Taxi zum Halten kommt, bezahlt Nik, lässt sich eine Quittung ausstellen und steigt aus. Der helle, elfenbeinfarbige Mercedes wendet und fährt zurück in Richtung Bundesstraße.

„Nik Herzberg", begrüßt ihn die große, blonde Kommissarin. „Immer zu Diensten, wenn es nach einer blutigen Story riecht."

Er nickt Franziska Fröhling zu und reicht ihr zur Begrüßung die Hand. Sie zeigt ihm den handgeschriebenen Zettel mit seinem Namen, der sich als Beweisstück in einem Plastikbeutel befindet. Nik schaut sich die Handschrift intensiv an. Er kann sie auf Anhieb nicht zuordnen und zuckt mit den Achseln.

„Wie ich am Telefon erwähnte …", betont sie. „Das wird gleich kein besonders schöner Anblick werden."

Schweigend folgt er ihr zur Fundstelle. Dabei nimmt Niks innere Anspannung mit jedem Schritt zu, mit dem er sich der Leiche nähert. Sie gehen kurz vor dem Eingangsgebäude zur Saalburg nach links. Hier befinden sich Ausgrabungen des einstigen Lagerdorfes. Beim Blick in die Tiefe erwartet Nik ein grausiger Anblick. Ein Mann liegt bäuchlings auf der Erde, ein silbernes Schwert steckt tief in seinem Rücken und hat den Körper durchbohrt. So schaut ein geschlagener Krieger aus, der noch im Tod gedemütigt werden soll. Der Mörder hat das Schwert im Körper seines Opfers stecken gelassen, anstatt es herauszuziehen. Es wirkt wie ein Ritualmord, mit dem eine Botschaft verbunden ist.

Das mutmaßliche Mordwerkzeug, einen „Gladius", hat Nik schon einmal gesehen – gestern Abend trugen es die römischen Kämpfer, als sie vor Beginn der Veranstaltung einen Schwertkampf simulierten. Er richtet seine Augen auf den leblosen Mann, an dem sich erste Schmeißfliegen zu schaffen machen. Zwar sieht er beim Hinschauen nur einen kleinen Teil des Gesichts, doch er erkennt sofort, um wen es sich handelt. Der Tote ist ihm am Vorabend begegnet.

Durch das Adrenalin in seinem Körper kann Nik gut mit der Situation umgehen. Er spürt keinerlei Übelkeit, obwohl der Ermordete in der Grube nicht besonders appetitlich aussieht. Insofern geht es ihm besser als manchem Praktikanten im TV-Krimi, der sich beim Leichenanblick am nächsten Baum übergeben muss.

„Konstantin Kaiser“, atmet er tief durch, mit einem Gefühl der Erleichterung.

Obgleich der Tod eines Menschen schreckliche Empfindungen in ihm auslösen müsste, fällt ihm ein Stein vom Herzen.

Gott sei Dank! Es ist kein Freund oder guter Bekannter ums Leben gekommen.

„Konstantin Kaiser“, wiederholt er. „Ein Architekt aus Bad Homburg.“

„Sind Sie sich da sicher?“, hakt Franziska Fröhling nach.

„Ganz sicher. Ich habe ihn gestern Abend bei einem Empfang hier auf der Saalburg getroffen.“

Ein Moment der Stille tritt ein, der sich wie eine kleine Ewigkeit anfühlt.

„Ich dachte, solch ein Schwert wird heutzutage nur zu Demonstrationszwecken oder als Deko verwendet", unterbricht Nik das Schweigen.

„Da liegen Sie gar nicht so falsch", gibt die Kommissarin ihre bisherigen Erkenntnisse wieder. „Er wurde nämlich mit großer Wahrscheinlichkeit erwürgt. Es gibt entsprechende Male und Hautabschürfungen an seinem Hals. Erst dann ist ihm das Schwert in den Rücken gestoßen worden, glaubt unser Gerichtsmediziner nach seiner ersten Untersuchung."

„Wer hat die Leiche gefunden?"

„Ein Mountainbiker in der Früh. Er war den Weg hinaufgefahren und legte direkt vor der Fundstelle eine kurze Trinkpause ein. Als er dabei in die Kellerausgrabung schaute, hat er den Toten entdeckt und die Polizei verständigt. Gegen acht Uhr sind wir hierhergerufen worden."

Nik erzählt der Kommissarin, wie er das Opfer Konstantin Kaiser bei der Veranstaltung am Vorabend kennengelernt hat.

Er beschreibt dessen Disput mit dem Bauunternehmer Moritz Weiss. Das auf der Messe geplante Treffen zwischen Kaiser und Großinvestor Leo von Burtenbach bleibt nicht unerwähnt.

„Offensichtlich haben Weiss und Kaiser eine intensive Geschäftsbeziehung miteinander gehabt", folgert Franziska. „Und vermutlich hat Moritz Weiss eines Tages seine Rechnungen nicht bezahlt. Danach war das Verhältnis der beiden wohl gestört. Beim Geld hört meistens die Freundschaft auf."

„Weiss ist eine Nummer in der lokalen Baubranche", nimmt Nik den Faden auf. „Hat an vielen Projekten mitgewirkt. Und Konstantin Kaiser deutete ja an, dass er einige Dinge erzählen könnte. Unter Umständen wollte er damit an die Presse gehen. So erkläre ich mir, warum er mich gestern kurz angesprochen hat und sich meinen Namen notierte."

„Also", fügt die Kommissarin die ersten Teile des Puzzles zusammen. „Bauunternehmer Weiss möchte im Rahmen der Errichtung des Colosseums einen Großauftrag an Land ziehen. Da kann er negative Publicity nicht gebrauchen. Auch hat er womöglich Wind davon bekommen, dass sich Konstantin Kaiser mit Leo von Burtenbach auf der Messe verabredet hat. Wenn in diesem Gespräch schlecht über ihn geredet wird, geht er bei der Auftragsvergabe eventuell leer aus. Weiss fühlt sich unter Druck gesetzt und bringt seinen Kontrahenten deshalb um."

„Oder Konstantin Kaiser spricht Herrn Weiss beim Verlassen der Saalburg wegen der unbeglichenen Forderungen an", spekuliert Nik. „Der Streit eskaliert und es kommt zum Äußersten. Der Gläubiger nippelt ab und die Rechnung muss vom Schuldner nicht mehr beglichen werden. Wie praktisch."

„Schöne Geschichte!", schallt eine männliche Stimme aus dem Hintergrund. „Als Journalist denken Sie sich schon von Berufs wegen tagtäglich solche Märchen aus."

Es handelt sich um Martin Breitner, den Kommissarkollegen von Franziska Fröhling, der Nik nicht immer wohlgesonnen scheint.

„Kann es nicht sein, dass Sie selbst in die Sache verwickelt sind?“, stellt Breitner eine ganz andere These auf. „Der Zettel mit Ihrem Namen in der Hemdtasche des Opfers macht Sie automatisch zu einem der Verdächtigen. Vielleicht wollte er uns damit im Todeskampf noch einen Hinweis auf den Täter geben. Im Grunde dürften Sie gar nicht an dieser Stelle stehen. Wer weiß, ob sich Ihre heutigen Spuren mit denen von gestern Abend vermischen und Sie sich somit reinwaschen ...“

„Sicher, ein Mensch im Todeskampf schreibt einen Namen mit einer blitzsauberen Handschrift. Sie haben bestimmt gleich mein Motiv parat“, schimpft Nik verärgert. „Ich kannte den Herrn bis gestern Abend gar nicht. Warum sollte ich ihm was antun?“

Er macht eine kleine Pause, holt Luft und geht gegenüber Breitner in die Offensive.

„Aber ehrlich gesagt, wenn Sie mir hier heute Nacht begegnet wären, hätte ich es mir überlegt, Sie kaltzumachen. Dann müsste ich mir nicht dieses wirre Zeug anhören. Kann also sein, dass ich Sie in der Dunkelheit verwechselt habe und versehentlich diesen armen Kerl umgebracht habe.“

In seinem Elan deutet Nik auf den Wegweiser nahe des Gasthofes, der in Richtung des Bad Homburger Hausbergs zeigt.

„Dahinten weist ja auch ein Schild auf mich hin: Herzberg! Hat das Opfer ebenfalls in seinem Todeskampf aufgestellt."

„Macht mal halblang", unterbricht Franziska die Streithähne. „Müsst ihr aufeinander losgehen wie zwei wild gewordene Stiere?"

Das sitzt, beide schweigen. Im Grunde aber genießt die Kommissarin den Kleinkrieg der Männer. Sie interpretiert ihn als eine Art Wettbewerb um ihre Aufmerksamkeit.

„Es wird sich alles aufklären", besänftigt sie. „Eins nach dem anderen. Als Erstes knöpfen wir uns den feinen Herrn Weiss vor. Mal sehen, was er uns auftischt. Allerdings bin ich skeptisch, ob er wirklich der Mörder ist. Warum sollte er mit dem Schwert auf das Colosseum aufmerksam machen, wenn er daran partizipieren wollte ...?"

„Er könnte damit von sich ablenken", wirft Nik ein. „Angenommen, er hat ihn tatsächlich im Streit erdrosselt. Hinterher besorgt er sich das Schwert und sticht es dem Opfer in den Rücken. So führt die Spur zu den Gegnern des Römerspektakels und er selbst bleibt als Verdächtiger außen vor. Das Ganze wirkt nämlich fast ein bisschen zu aufgesetzt."

„Das klingt durchaus plausibel, diese Option werden wir in unsere Untersuchungen einbeziehen", betont Franziska. „Ach ja, Nik Herzberg. Ich sehe gerade, dass euer Fotograf aufgetaucht ist und hier herumschleicht. Mörderstory, okay, das kann ich nicht verhindern. Aber wenn ihr ein Foto vom Toten mit dem Schwert im Rücken veröffentlicht, mache ich euch mächtig Ärger."

„Tun wir nicht, wir gehen sensibel mit der Sache um", äußert der Journalist mit gespieltem Protest.

„Klar", meint sie mit einem Lächeln. „Doch wenn's die Auflage steigert, kommt euch jede Leiche recht."

„Ich glaube, wir leben beide ganz gut von Verbrechen und Verbrechern", entgegnet Nik mit leichter Ironie in der Stimme. „Haben Sie erste Erkenntnisse über den Todeszeitpunkt?"

„Der Körper ist kalt, so wie die letzte Nacht. Der Tod muss vor einigen Stunden eingetreten sein. Das wird die Gerichtsmedizin klären."

„Haben Sie andere, konkrete Ansatzpunkte?"

„Bis jetzt nicht", berichtet die Kommissarin. „Wir müssen Ausschau nach Personen halten, die das Geschehen beobachtet haben. Sollte der Mord tatsächlich kurz nach der gestrigen Veranstaltung passiert sein, könnte es Zeugen geben. Schließlich haben bestimmt 35 Leute plus Personal daran teilgenommen, wie Sie mir ja soeben berichteten."

Nik verabschiedet sich.

„Rufen Sie mich bitte an, sobald Sie mehr wissen. Dann brauche ich Sie nicht ständig mit meinen Anrufen zu bombardieren", sagt er augenzwinkernd zu Franziska.

Zwei Minuten später steigt er zum Fotografen ins Auto; sie begeben sich in die Redaktion der Hochtaunus-Post.

5.

Franziska Fröhling und Martin Breitner fahren nach Bad Homburg, um Moritz Weiss zu befragen. Die Firma des Bauunternehmers befindet sich unweit des Ortes, an dem das Colosseum entstehen soll – im Gewerbegebiet hinter dem Bahnhof. Eigentlich ist da nur das Büro angesiedelt, aus Platzgründen stehen die Fahrzeuge und Betonmischer in Burgholzhausen. Franziska steuert ihren Mini auf den Hof in der Siemensstraße unweit des Landratsamts. Beide steigen aus und gehen auf den Eingang der „MoWeiBau" zu. Beim Namen handelt es sich offensichtlich um ein Wortspiel mit den Anfangsbuchstaben von Moritz Weiss. Breitner drückt gegen die Tür des zweckmäßigen Gebäudes, sie lässt sich öffnen.

Die Kommissare schlagen direkt am Empfang auf. Im Kontrast zum schmucklosen Äußeren wurde innen alles sehr edel eingerichtet. Moritz Weiss scheint modernes Design zu mögen. Entweder ist er ein Blender oder die Auftragslage hat in der Vergangenheit entsprechende Investitionen hergegeben.

Um auf sich aufmerksam zu machen, reden die Polizisten absichtlich lauter. Das zeigt Wirkung, ein durchaus stattlicher Herr mittleren Alters mit Bauchansatz kommt ihnen entgegen. Ganz im Einklang mit der schicken Innenausstattung wirkt er gut gekleidet.

„Wir suchen Herrn Moritz Weiss", sagt Martin Breitner.

„Sie haben ihn gefunden“, lautet die Antwort.

Auf den ersten Eindruck wirkt der Unternehmer von sich überzeugt.

„Ah, hier bedient der Chef noch selbst“, bemerkt der Kommissar.

Er gibt sich kaum Mühe, seine Abneigung zu verbergen.

„Sind Ihnen die Mitarbeiter für den Empfang abhandengekommen?“

„Meine Leute sind alle in der Mittagspause oder auf den Baustellen im Einsatz“, betont Weiss. „Was kann ich für Sie tun?“

Nach dem Vorgeplänkel ergreift die Kriminalpolizistin das Wort.

„Ich bin Oberkommissarin Franziska Fröhling und das ist mein Kollege, Oberkommissar Martin Breitner, von der Kriminalpolizei in Bad Homburg. Wir haben da ein paar wichtige Fragen an Sie. Können wir dazu in Ihr Büro gehen?“

„Na klar, immer doch“, nickt Weiss und zeigt auf einen Raum am Ende des Flures. „Wir nehmen das Besprechungszimmer. Ich erwähne es besser gleich, bevor Sie sich falsche Hoffnungen auf einen Ermittlungserfolg machen. Auf meinen Baustellen ist alles in Ordnung. Für meine Arbeitskräfte lege ich die Hand ins Feuer, die sind alle sozialversichert. Da sollten Sie lieber bei der Konkurrenz vorbeischauen. Von denen nehmen es manche nicht so genau damit.“

Sie betreten den weiß gehaltenen Raum mit großen Baustellenfotos an den Wänden und setzen sich an den langen hellen Tisch.

„Herr Weiss, kennen Sie einen Konstantin Kaiser?", eröffnet Franziska das Gespräch.

„Klar. Hat er mich angezeigt?"

„Sollte er das? Was hätte er für einen Grund gehabt?"

„Er hat überall negative Dinge über mich erzählt. Ich könnte seine Rechnungen nicht bezahlen und so einen ähnlichen Quatsch. Erst gestern wieder in aller Öffentlichkeit bei einer Veranstaltung in der Saalburg."

„Und?", mischt sich Martin Breitner ein. „Haben die Anschuldigungen einen wahren Kern?"

„Gut. Ich gebe zu, ein bisschen im Verzug zu sein. Es besteht da ein kleiner Engpass. Aber es ist kein großer Betrag. Er hat immer sein Geld erhalten."

„Um welche Summe geht es denn?"

„55 000 Euro. Klingt recht hoch, freilich nur oberflächlich betrachtet. Schließlich kauft er seine eigene Arbeitsleistung mit null Euro ein. Hat er die Nerven verloren und die Polizei eingeschaltet?"

„Das konnte er leider nicht mehr", antwortet Breitner. „Wir beschäftigen uns auch nicht mit Wirtschaftsverbrechen wie Sozialbetrug oder säumigen Zahlungen. Es geht um einen Mord, der Ihnen eventuell ganz gelegen kommt. Konstantin Kaiser wird Sie mit seinen Forderungen nicht mehr belästigen, er hat vergangene Nacht ins Gras gebissen. Oder genauer formuliert, ins Erdreich. Er wurde heute früh tot an der Saalburg gefunden, wo Sie gestern Abend mit ihm eine Auseinandersetzung hatten."

„Er ist … tot?", zeigt sich Moritz Weiss schockiert.

„Ja, er wurde umgebracht. Und postmortal hat ihm der Täter auch noch ein Schwert in den Rücken gestochen. Das spricht für abgrundtiefen Hass."

Nach einer kleinen pietätvollen Pause nimmt der Bauunternehmer den Faden wieder auf. Er ahnt, dass er in Verdacht geraten ist.

„Sicher haben wir uns geschäftlich mal gezofft. In der Baubranche geht es nun mal nicht so zu wie auf dem Ponyhof. Doch angesichts einer solch schlimmen Nachricht treten diese kleinen Reibereien in den Hintergrund. Schreckliche Sache."

„Waren es wirklich nur Kleinigkeiten?", fragt Franziska.

„Ja, wir haben uns immer gut verstanden. Ich bin sogar sein Trauzeuge gewesen, als er damals geheiratet hat. Ist auch schon weit über zwei Jahrzehnte her. Wie die Zeit vergeht. Er wurde übrigens ein paar Jahre danach wieder geschieden."

„Interessant. Apropos Zeugen, wann haben Sie gestern Abend die Saalburg verlassen und wer hat Sie dabei gesehen?"

„Unmittelbar nachdem die Veranstaltung beendet war. Gegen kurz nach elf. Natürlich habe ich nicht darauf geachtet, wer noch in der Nähe war. Ich bin schnell zu meinem Auto gegangen und zehn Minuten später zu

Hause in Kirdorf gewesen. Meine Frau kann das bestätigen."

„Die eigene Ehefrau als Alibi", mischt sich Martin Breitner mit abschätzigem Tonfall ein. „Und selbst wenn sie nicht lügt, wer weiß, ob sie sich genau an die Uhrzeit erinnert. Den Mord könnten Sie in wenigen Minuten erledigt haben. Ein kurzer Streit, die Tat, und schnell das Schwert in den Rücken gesteckt. Oder Sie haben den Mord kaltblütig geplant und hatten die Waffe zur Ablenkung schon vorher organisiert. Dann ging es ab nach Hause, wo Sie den braven Ehemann gespielt haben. Vielleicht sind Sie auch wieder losgefahren und mit dem Schwert zum Tatort zurückgekehrt. Ihre Frau muss davon nichts mitbekommen haben."

Der Beschuldigte will protestieren, doch Franziska Fröhling beruhigt ihn.

„Es ist nun mal unsere Aufgabe, jedes erdenkliche Szenario in Betracht zu ziehen", sagt sie zu ihm. „Wir müssen einen DNA-Abgleich machen. Das könnte Ihnen helfen, sich zu entlasten, sofern Sie wirklich nichts mit der Sache zu tun haben."

Moritz Weiss senkt widerwillig seinen Kopf nach unten und langsam wieder hoch. So drückt er halbherzig seine Zustimmung aus.

„Muss ich dafür mit auf die Wache kommen?", fragt er kleinlauter.

Vom vorher zur Schau getragenen Selbstbewusstsein ist nicht mehr viel zu spüren. Weiss wirkt wie ein Boxer, der kräftig ausgeteilt hat, aber nichts einstecken kann. Ihm scheint klar geworden zu sein, dass er sich in ernsterer Lage befindet, als er anfänglich angenommen hat. Der DNA-Abgleich passt ihm nicht, er findet das herabwürdigend: Ein angesehener Homburger Unternehmer muss den Speicheltest über sich ergehen lassen.

Welch ein Abstieg: Er fühlt sich auf eine Stufe mit Triebtätern oder Vergewaltigern gestellt. Nur, wenn er sich weigert, macht er sich erst recht verdächtig.

„Gar nicht nötig, wir haben alles dabei“, entgegnet Franziska. „Da sage noch einer, unsere Polizei in Hessen sei schlecht ausgerüstet.“

Währenddessen kehrt ihr Kollege Martin Breitner von seinem Gang zum Auto zurück, er hat die erforderlichen Wattestäbchen besorgt. Damit wird in den Wangentaschen der betreffenden Person gerieben, um Zellmaterial in ausreichender Menge zu erhalten.

„Einmal Mund auf“, gibt der Kommissar die Anweisung, nachdem er zuvor weiße Handschuhe angezogen hat.

Moritz Weiss kommt der Aufforderung nach. Breitner schiebt das Stäbchen in dessen Mundbereich ein und führt das Prozedere durch. Anschließend verschwindet das gewonnene Zellmaterial in einem durchsichtigen Beutel.

„Wie gestaltet sich der weitere Ablauf?“, will der Bauunternehmer wissen. „Werde ich über das Ergebnis unterrichtet?“

„Spätestens übermorgen weiß das Labor mehr. Wenn unsere Experten eine Übereinstimmung mit der DNA vom Tatort feststellen, stehen wir garantiert erneut vor der Tür", frohlockt Martin Breitner.

„Seien Sie sicher, dann werden wir ganz andere Fragen stellen", fügt er beim Hinausgehen hinzu.

Als die beiden Kommissare wieder im Auto sitzen, besprechen sie kurz die nächsten Schritte. Sie beschließen, sich eine Teilnehmerliste von der gestrigen Veranstaltung in der Saalburg-Taberna geben zu lassen. Unter Umständen hat einer der geladenen Gäste tatsächlich etwas Ungewöhnliches bemerkt, das mit dem Mord zusammenhängen könnte. Franziska nimmt ihr Smartphone und tippt den Namen „Leo von Burtenbach" in eine Suchmaschine ein. Sie landet auf der Webseite seines deutschen Kontaktbüros. Im Menü findet sie unter der Rubrik Impressum eine Telefonnummer, die sie anruft. Da die Firma offenbar nicht so groß zu sein scheint, erwischt sie gleich die richtige Ansprechpartnerin. Die Dame verspricht, die gewünschte Liste nach Rücksprache mit ihrem Chef sofort zu übermitteln, was nach 20 Minuten tatsächlich geschieht. Sie bittet im E-Mail-Anschreiben um Diskretion, bei ihren Nachforschungen sollen die Polizisten nicht sagen, woher sie die Kontaktdaten haben.

Zurück in der Polizeistation lädt Franziska den Anhang herunter und öffnet die Datei. Praktischerweise sind nicht nur die Namen und E-Mailadressen der gestrigen

Teilnehmer aufgeführt, sondern in den meisten Fällen auch ihre Mobilfunknummern. Das wird die Suche nach Zeugen erheblich vereinfachen. Gleich wollen sie sich an die Arbeit begeben und alle aufgeführten Personen kontaktieren.

6.

Von unterwegs ruft Nik Herzberg beim Chefredakteur der Hochtaunus-Post, Jens-Jörg Sibelius, an. Er entschuldigt sich, weil er zu spät zur Redaktionskonferenz kommen wird. Als sein Vorgesetzter den Grund dafür hört, ist er gleich Feuer und Flamme. Angesichts des Mordes träumt er von wachsenden Verkaufszahlen, die seine Reputation bei der Verlagsleitung in ungeahnte Höhen katapultieren würden. Denn zuletzt war das Zeitungsgeschäft arg rückläufig. Da tut jede Sensation gut, selbst wenn es sich um eine Schreckensmeldung handelt.

„Bleib an der Sache dran und versuch ein paar Fakten zusammenzutragen“, sagt Sibelius. „Aufgrund dieser neuen Nachrichtenlage wird unsere Konferenz sowieso nur sehr kurz sein. Der Mord ist natürlich das Schlüsselthema der morgigen Ausgabe. Was die konkreten Inhalte angeht, werden wir bis heute Abend improvisieren müssen. Schauen wir mal, welche Neuigkeiten du bis dahin ans Tageslicht bringst.“

Und er fügt die Worte hinzu, auf die Nik gewartet hat.

„Es wird deine Story! Also mach was draus."

Das geht runter. Die nächsten Tage wird er quasi der wichtigste Mann des Blattes sein. Und auch bei den Lesern werden seine Artikel garantiert die größte Aufmerksamkeit finden.

Als Ausdruck seiner Freude winkelt der Redakteur im engen Auto den rechten Arm an. Er ballt die Finger zur „Becker-Faust". Der Fotograf auf der Fahrerseite nickt ihm wohlwollend zu.

Angekommen in der Redaktion der Hochtaunus-Post setzt sich Nik an den Computer. Die anderen Redakteure befinden sich weitgehend in der Mittagspause. Das kommt ihm entgegen, muss er doch keinerlei Gespräche führen, die ihn nur von seiner Arbeit ablenken würden. Ursprünglich wollte er an diesem Tag einen umfangreichen Bericht über das Colosseum schreiben, der nun kürzer werden wird. Die Aktualität hat Vorrang! Womöglich hängen beide Dinge zusammen. Wie die Geschehnisse auf der Saalburg vermuten lassen, scheint es eine Verbindung zwischen dem Römerprojekt und dem Verbrechen zu geben.

Nik sucht zunächst im Internet nach Informationen über den Toten, Konstantin Kaiser. Die Ergebnisse sind überschaubar. Der Architekt verfügte nicht einmal über eine eigene Webseite. Auch sonst beschränken sich die Treffer überwiegend auf Einträge in irgendwelchen Gewerbeverzeichnissen, die sich mittlerweile zuhauf im

Netz befinden. Ein paarmal wird Kaiser als Architekt von Gebäuden erwähnt, wirklich spektakuläre Bauwerke befinden sich nicht darunter. Verwertbare Anknüpfungspunkte für weitere Recherchen ergeben sich zunächst keine.

Ganz anders sieht es bei Moritz Weiss aus. Er scheint keine Gelegenheit verstreichen zu lassen, um sich in Szene zu setzen. Nik entdeckt diverse Zeitungsartikel über den Bauunternehmer. Im Karneval gehört er zum Hofstaat des Homburger Dreigestirns, auf einem anderen Foto ist er mit der Laternenkönigin abgelichtet. Immer macht er auf lachenden, erfolgreichen Strahlemann, der mit fröhlichem Beispiel vorangeht. Noch positiver sieht es auf seiner Facebook-Seite aus, wo sich ein Ereignis an das andere reiht. Mal umgibt er sich mit schönen Frauen aus der lokalen Gesellschaft, dann trifft er Politiker beim Neujahrsempfang der Stadt. Und kurz darauf postet er lustige Bilder vom Après-Ski in Kitzbühel. Kein Wunder, dass seine Firma beim „Jetset-Spielen" finanziell Schlagseite bekommen hat, resümiert Nik. Scheint doch Moritz Weiss mehr im Internet unterwegs zu sein, als auf der Baustelle anzutreffen.

In Bewertungsplattformen findet sich vereinzelt auch Kritik, die am Sunnyboy-Image kratzt. Von Pfusch am Bau und von Folgeschäden wird gesprochen. In einem Fall hängt sogar ein Rechtsstreit an. Weiss soll ein lichtdurchflutetes Passivhaus gebaut haben, das sich bereits nach dem Einzug der Bewohner als wenig effizientes

Gebäude erwies. Die Sonne heizte die Räume auf, aber die Lüftungsanlage funktionierte nicht richtig. Im Sommer war es drinnen kaum auszuhalten; in den feuchteren Monaten zog Nässe ein und Schimmel trat auf. Könnte es sein, dass der Architekt Konstantin Kaiser mit am Werk war?, überlegt Nik. Dann hätte Moritz Weiss einen Grund gehabt, den Ermordeten zu hassen, weil der seinen Ruf geschädigt hat. Als Killermotiv erscheint das dem Journalisten ein wenig schwach. Am Ende haben sich die Parteien nämlich außergerichtlich geeinigt, wie aus den Postings hervorgeht.

Auch Leo von Burtenbach liefert im Internet viele Suchergebnisse, vor allem in Verbindung mit Bauprojekten und Wohltätigkeitsaktionen. Zudem besitzt er eine Beteiligung an einem Pferdegestüt in Oberursel, genauer gesagt in Bommersheim, das von Pferdeexperten geführt wird. Nur eines findet Nik ein bisschen seltsam: Nie tauchen im Netz irgendwelche Einträge zu dessen Jugendjahren und der Jungerwachsenenzeit auf. Das muss aber nichts heißen, denn der Investor wuchs in den Siebzigern und Achtzigern in der Kurstadt auf. Aus dieser Zeit ist oft nur wenig online überliefert.

Immerhin: Von Burtenbach beherrscht das aktuelle lokale Geschehen im Netz. Besonders auf den Seiten, wo viel diskutiert wird, dreht sich alles um sein Megaprojekt. In den sozialen Netzwerken und bei Kommentaren zu Artikeln in der Hochtaunus-Post schreiben die Leute, was das Zeug hält. Die meisten Kommentare sind sachlich, jedoch geben einige den Wutbürger. Mitunter wird beleidigt oder andere Mitdiskutanten werden lächerlich gemacht. Im Grunde müssten manche Beiträge entfernt werden, glaubt Nik. Zu seinem Glück ist das bislang nicht geschehen. So kann er einen „Arminius73" ausmachen, der sich besonders negativ hervortut. Das Pseudonym erinnert an den Cheruskerfürsten, der die Römer in der Schlacht im Teutoburger Wald plattgemacht hat. Wurde der Spitzname bewusst gewählt, weil Arminius etwas gegen die Römer und gegen das Colosseum hat? Das könnte eventuell eine neue Fährte sein. Doch hat „Arminius73" mit dem Mord zu tun? Wollte er seine Abneigung gegen das Römerprojekt ausdrücken, indem er das Schwert in den Rücken des Toten stieß? Oder ist er nur einer dieser Wichtigtuer, die sich hinter der scheinbaren Anonymität des Internets verstecken und Stimmung machen?

Diese Unsichtbarkeit lässt sich aufheben. Bei der Hochtaunus-Post müssen sich alle Kommentierer vorher registrieren und sind dem Verlag somit bekannt. Die Kollegin der Online-Redaktion ist Nik noch einen Gefallen schuldig. Er ruft sie an und erfährt von ihr, um wen es sich handelt. „Arminius73" heißt mit bürgerlichem Namen Maxim Haas und lebt in Wehrheim. Auch seine Adresse wurde hinterlegt. Nik will sich am nächsten Tag um ihn kümmern.

Zunächst gilt der Fokus erst einmal dem Zwist zwischen Konstantin Kaiser und Moritz Weiss. Nik hat sich einige Kontakte von Weiss aus den sozialen Netzwerken notiert, die zu dessen geschäftlichem Umfeld gehören. Da will er mit der Informationssuche beginnen und tiefer in den Fall einsteigen. Er sucht die betreffenden Rufnummern heraus, greift zum Telefon und nimmt Kontakt zu besagten Personen auf.

Schnell erweist sich die Recherche als ergiebig. Zwar findet sich nichts Neues, was die geschäftliche Auseinandersetzung zwischen Kaiser und Weiss angeht. Jedoch erfährt Nik, dass sich beide seit frühester Kindheit gekannt haben. Bei der Informationsquelle handelt es sich um einen alten Mitschüler von Weiss und Kaiser, Hannes Winkler. Die zwei seien schon im Sandkasten häufiger erbitterte Streithähne gewesen, berichtet er. Sie hätten sich bis aufs Blut bekämpft, um sich dann sofort wieder zu versöhnen.

Warum hat es dieses Mal keine Versöhnung gegeben? Ging es wirklich nur ums Geld? Darüber kann oder will Hannes Winkler nichts sagen. Immerhin, er hat einen Tipp, der Nik ein Stück weiterbringen könnte. Er verweist nämlich auf die frühere Buchhalterin der MoWeiBau, Steffi Hübner. Die hätte allen Grund, auf Moritz Weiss sauer zu sein, sie ist von ihm vor drei Monaten entlassen worden. Das wäre ziemlich überraschend gekommen, denn sie galt als dessen Vertraute. Was war da vorgefallen?

Nik findet die Telefonnummer der Buchhalterin heraus. Er ruft sie an und verabredet sich für den späten Nachmittag mit ihr. Fürs Erste gibt sich der Redakteur mit seinen Recherchen zufrieden. Wenn Steffi Hübner nur ein bisschen gesprächig sein sollte, könnte er einiges erfahren, hofft er. Nik wundert sich, warum ihm Hannes Winkler das alles so freimütig erzählt hat. Offenbar schätzt er seinen alten Schulfreund Moritz Weiss und dessen affektierte „Keep Smiling"-Auftritte nicht besonders. Vermutlich steht er damit nicht völlig alleine da.

7.

Der vom Schlag mit dem Holzschwert getroffene Junge liegt leblos am Boden und hat alle viere von sich gestreckt. Erschrocken beugt sich der andere über ihn.

„Oh mein Gott, was habe ich getan?", klagt er sich selbst an. „Ich habe meinen besten Freund erschlagen."

Schlimme Gedanken schießen ihm durch den Kopf. Er würde als Mörder geächtet werden und ins Gefängnis gesteckt. Sein ganzes Leben lang wird er mit der Tat umgehen müssen – und damit, dass offensichtlich dunkle Mächte in ihm wohnen. Wer sich wegen einer solchen Nichtigkeit bis aufs Blut reizen lässt und gnadenlos zuhaut, muss böse sein.

Während er so mit sich hadert, zuckt der Niedergestreckte und schlägt kurz darauf die Augen auf. Inzwischen ist eine Wunde am Kopf aufgeplatzt und das Blut quillt heraus. Durch die Schockwirkung spürt der Verletzte keinen Schmerz. Dass er trotzdem lautstark anfängt zu weinen, hat damit zu tun, dass er seine Verwundung bemerkt. Und obwohl der Kopftreffer ihm für kurze Zeit das Bewusstsein genommen hat, kann er sich an den Hergang erinnern.

„Das war gemein von dir", schreit er schluchzend, die Tränen rollen. „Du hättest mich mit dem Stoß umbringen können."

Das intensive Schreien ist nicht zu überhören. Ein Schafhirte vom nahen Kirdorfer Feld nimmt davon Notiz und ahnt, dass ein dramatisches Ereignis passiert sein muss. Er eilt zu der Stelle, von der die Laute kommen. Vor Ort findet er die beiden Kinder und ergreift sofort das Heft des Handelns. Mit Papiertaschentüchern unternimmt er die Erstversorgung des Verletzten und versucht, die Wunde zu stillen. Es gelingt ihm, doch es hat einige Minuten gebraucht, bis kaum noch Blut ausströmt. Anschließend trägt der Schäfer den Jungen zu seinem Wagen, lädt ihn ein, um ihn ins Krankenhaus zu bringen. Dort muss die Wunde gereinigt und genäht werden, damit keine späteren Narben bleiben.

„Hast du ihn so zugerichtet?", fragt der Schafzüchter vorwurfsvoll den anderen Jungen.

„Das wollte ich nicht", rechtfertigt der sich kleinlaut.

„Schäm dich, den eigenen Freund blutig zu schlagen."

Während der Mann mit dem Verletzten in die Klinik fährt, bleibt der Missetäter an Ort und Stelle zurück. Zwar fühlt er sich ungerecht behandelt, weil eigentlich sein Freund den Streit vom Zaun gebrochen hat. Dennoch plagt ihn weiter das schlechte Gewissen. Fast wäre er zum Mörder geworden, einfach so, aus ganz heiterem Himmel. Und doch fühlt er sich erleichtert. Offenbar scheint nichts Schlimmeres passiert zu sein. Wenn der Freund schnell wieder zu Kräften kommt, würden ihm wirklich ernsthafte Konsequenzen wohl erspart bleiben, hofft er.

„Ich bin heute sehr böse gewesen", spricht er zu sich. „Aber von nun an werde ich mich ändern."

8.

Franziska hatte sich für den Abend ein gemütliches, lustiges Zusammensein mit ein paar Freundinnen bei Wein und Cocktails vorgestellt. Dieses Treffen fällt wegen des Mordes der vergangenen Nacht ins Wasser. Sofern es ihre Polizeiarbeit erlaubt, verabredet sie sich regelmäßig mit den anderen jungen Frauen, die sie seit der Schulzeit kennt.

Alle sind um die dreißig und haben die ersten Schritte ins richtige Leben hinter sich. So manche Träume aus den gemeinsamen Abi-Jahren an der Humboldtschule sind mittlerweile der Realität gewichen. Trotzdem geht Franziska immer noch gerne zu den Mädelsabenden. Hier kann sie völlig ungezwungen über alte Geschichten lachen, über Mitschülerinnen oder Männer ablästern. An so manchem Ex-Lover der Freundinnen wird dabei kein gutes Haar gelassen. Und auch die „Blind Dates" mit den Herren der Schöpfung werden genüsslich ausgeschlachtet. „Klappstühle“ und „Schlappschwänze“ sind noch die mildesten Titulierungen, denen sie ausgesetzt sind.

Trotz der Leichtigkeit dieser Treffen spürt die Kommissarin immer mehr einen Zwiespalt, was ihr eigenes Leben angeht. Da gibt es die Mitschülerinnen, die längst unter der Haube sind und – so scheint es – ein glückliches Familienidyll mit Kindern genießen. Franziskas Zukunft fühlt sich dagegen unbestimmt an. Einerseits liebt sie die persönliche Freiheit und geht auch in ihrem Berufsleben als ehrgeizige Ermittlerin auf. Andererseits ist es diese gewisse Unstetigkeit, die sie verunsichert. Mal sehnt sie sich nach dem geregelten Alltag der anderen Mädels, dann sieht sie die Enge, die deren Situation umgibt. Mit 29 Jahren fühlt sie sich zu jung, um eine Zukunft einzugehen, in der bereits alles vorbestimmt ist. An Verehrern mangelt es der intelligenten, gut aussehenden Kommissarin nicht. Nur bislang war kein Traumprinz darunter, für den sie augenblicklich bereit wäre, ihr Leben von heute auf morgen umzukrempeln. Und längst hat sie sich an die mahnenden Worte ihrer Eltern gewöhnt, sie solle sich endlich einen Mann suchen. Dann redet sie sich mit ihrem arbeitsreichen und gefährlichen Polizeijob raus, der mit einer Ehe nicht vereinbar sei. Ohnehin bliebe ihr fürs Heiraten noch genug Zeit.

Schade um den schönen Abend, denkt sie ein wenig melancholisch. Doch sie ahnt, dass sie in Wirklichkeit nicht viel verpasst, weil es nur um das Aufwärmen früherer Begebenheiten geht – und sie sich sowieso noch öfters mit ihren Freundinnen treffen wird.

Franziska hat sich an ihrem Schreibtisch niedergelassen, Martin Breitner sitzt ihr gegenüber. Inzwischen haben ihre Kollegen aus Norddeutschland die frühere Frau von Konstantin Kaiser kontaktiert; sie lebt in der Nähe von Hannover und hat vor einigen Jahren wieder geheiratet. Da zwischen beiden schon lange kein Kontakt mehr bestand, hätte sie sich nicht besonders traurig über den Verlust gezeigt. Lediglich die Umstände seines gewaltsamen Todes jagten ihr einen gehörigen Schrecken ein. Offenbar gab es weder Unterhaltsstreitigkeiten noch sonstige Konflikte mit ihrem Ex-Ehemann. Deshalb fällt sie zunächst aus dem potenziellen Täterkreis heraus. Zudem war sie am Abend des Mordes in der Oper und besitzt damit ein Alibi. Mehrere Personen hätten sie begleitet und könnten dies bestätigen.

Andere Angehörige von Konstantin Kaiser sind nicht bekannt. Auch an eine neue Partnerin an seiner Seite kann sich niemand erinnern.

Er galt als ein bisschen unnahbar und war nicht der „Seid umschlungen, Millionen!"-Typ. Und die beruflichen Kontakte des Architekten beschränkten sich auf Kunden oder Partner, nicht auf Mitarbeiter: Kaiser führte mehr oder weniger ein Ein-Mann-Unternehmen. Wenn die Arbeit überhandnahm, holte er sich Hilfe von befreundeten Architekten. Diese Zusammenarbeit fand auf freiberuflicher Basis statt.

Seine Geschäftsräume am Hessenring wurden untersucht und die Unterlagen werden gerade geprüft. Bis zum gegenwärtigen Moment ist kein Hinweis gefunden worden, hier ergibt sich also noch keine Spur für die Ermittler.

Die Kommissare machen sich daran, die übermittelten Mobilnummern der Gäste vom gestrigen Saalburgabend nach und nach zu kontaktieren. Unterstützt werden sie von zwei Kollegen aus dem Nachbarbüro. Die Mehrzahl der potenziellen Zeugen erreichen sie im ersten Anlauf. Viele von ihnen halten sich auf der Messe in Frankfurt auf. Daher gestaltet sich die Kommunikation aufgrund der Geräuschkulisse recht schwierig, auch weil an einigen Ständen lärmende Musik dröhnt. Schließlich ist es später Nachmittag und da trifft sich das Messevölkchen auf der „IMEV" zu einem Drink beim lockeren Get-together. Einige der Angerufenen verstehen akustisch nicht, was die Beamten wissen möchten – die Gesetzeshüter müssen ihre Fragen beinahe schreiend rüberbringen und teilweise mehrfach wiederholen. Entsprechend laut geht es in den Polizeiräumlichkeiten zu. Obgleich sie ihre Stimmbänder und Ohren nicht schonen, erfahren sie keinerlei Neuigkeiten. Niemand der am Abend vorher Anwesenden will etwas Ungewöhnliches bemerkt haben.

Nach gut zwei Stunden ist die Liste fast abtelefoniert, Ernüchterung macht sich breit. Kurz bevor sich der Frust steigert, gibt es doch noch einen Anknüpfungspunkt. Franziska spricht mit Roland Zweifel aus Bad Homburg, der gestern Abend ebenfalls teilgenommen hat. Er kann sich an eine Begebenheit erinnern, die sich gegen 23:10 Uhr zugetragen hat. Ihm fiel ein Herr mittleren Alters auf, der von einem nahen Feldweg zum Parkplatz gekommen ist. Es handelt sich um den kurzen, recht breiten Weg, der in Richtung Bundesstraße führt – und wo ebenfalls einzelne Ausgrabungen zu finden sind. An gut frequentierten Tagen nutzen ihn Saalburg-Besucher gerne als zusätzliche Abstellfläche für ihre Autos. Der Zeuge hatte gedacht, dass sich dieser Mann nur kurz im Gebüsch erleichtern wollte. Allerdings habe er sich dabei auffällig oft umgeschaut, so als müsse er etwas verbergen. Im Anschluss wäre er erst zu seinem Fahrzeug gegangen, einem SUV aus schwäbischer Produktion, und dann wieder zurück zum Feldweg. Ein wenig seltsam sei ihm das schon erschienen. Und: Der Verdächtige kam dem Zeugen recht bekannt vor. Er hätte die besagte Person auf dem Saalburg-Event und zuvor häufiger in Zeitungsberichten gesehen. Nur der Name falle ihm im Augenblick nicht ein.

„Vielen Dank, Sie haben uns fürs Erste sehr geholfen", sagt Franziska. „Halten Sie sich bitte in den nächsten Tagen für eine etwaige Gegenüberstellung bereit. Wir melden uns bei Ihnen."

„Auch wenn der Typ mit Nachname Zweifel heißt, passt seine Beschreibung wie die Faust aufs Auge", stellt Martin Breitner fest, als ihm Franziska von der Zeugenaussage berichtet. „Das Alter, das Auto und sogar die Uhrzeit könnten hinkommen."

Besonders auffällig finden es die Polizisten, dass sich der mutmaßliche Mörder wieder zurück zum vermeintlichen Tatort bewegt hat. Das passt zu der Erkenntnis, nach der Konstantin Kaiser erst erwürgt wurde und anschließend das Schwert ins Spiel kam. Vielleicht hat der Täter die Waffe geholt und ging deshalb vom Feldweg zum Auto – und wieder zurück. Offen bleibt die Frage, wie die Leiche vom Tatort zur Fundstelle unweit des Kastelleingangs gelangte.

„Es würde mich nicht wundern, wenn wir auf dem Feldweg entsprechende Spuren finden“, glaubt Franziska. „Lass uns da mal gleich aktiv werden, bevor irgendwas verschwindet.“

Beide verlassen ihr Büro.

Sie brechen auf, um sich mit zwei Experten der Spurensicherung zu der beschriebenen Stelle unweit der Saalburg zu begeben.

9.

Die Sonne strahlt von oben herab und sorgt für angenehme Wärme. Keine Wolke trübt den strahlend blauen Himmel.

„Kaiserwetter“, freut sich Nik Herzberg, um in seinem Selbstgespräch gleich noch eins draufzusetzen.

„Konstantin-Kaiser-Wetter", brummelt er vor sich hin, als er über die Louisenstraße läuft und gerade den Kurhausvorplatz betritt.

In dem Moment, in dem er seine eigenen Worte wahrnimmt, muss er über sich selbst lachen. Er versucht, sich dabei zu bremsen. Über Tote soll ja niemals schlecht geredet werden und Witze sind da auch nicht angebracht. Nik bemüht sich, eine ernste Miene aufzusetzen; vergeblich, erneut bricht das Lachen aus ihm heraus.

„Konstantin Kaiser, dieser Purche ist zu Poden gechleudert worden", fällt ihm die Sequenz aus dem Film *Das Leben des Brian* ein.

„Der kleine Chelm ist ein Widerporst!" Wieder muss Nik über sich lachen.

Grinsend betritt er das Kurhaus durch die automatisch aufgehende Tür an der roten Telefonzelle, dem Geschenk der englischen Partnerstadt Exeter. Ein bisschen hat der überdimensionierte, rotbraune Kurhausbau für ihn was vom ehemaligen „Palast der Republik" in Berlin. Zwar ist die Farbe eine andere; jedoch sind es die monströsen Ausmaße und die dunklen Fenster, die einen Vergleich naheliegend machen. Was aus dem Palast der Republik wurde, ist bekannt, denkt sich Nik. Ihm gefällt das Kurhaus nur nachts, wenn es im Dunkeln violett angestrahlt wird. Aber bis dahin dauert es noch ein paar Stunden.

Er marschiert die Treppe hinunter, die in die untere Ebene und ins Freie führt. Vor der Kurhausrückseite sitzen einige Leute im Biergarten mit dem kleinen wasserlosen Strand. Einzelne haben es sich im Liegestuhl bequem gemacht. Sie genießen den erst beginnenden Feierabend und relaxen. Palmen sorgen für eine südländische Atmosphäre und für aufkommende Urlaubsgefühle.

Mittlerweile hat sich Nik wieder eingekriegt, er ist im Kurhausgarten verabredet und möchte dort einen seriösen Eindruck hinterlassen. Beim sitzenden Schriftsteller Dostojewski will er Steffi Hübner treffen, die ehemalige Buchhalterin von Bauunternehmer Moritz Weiss. Als er rund fünfzig Meter vom Denkmal entfernt ist, stellt er fest, dass sie noch nicht da zu sein scheint. Er schaut sich um und wartet ein paar Minuten, aber nichts geschieht. Nur einige Teenies stehen zusammen und ein älteres Ehepaar läuft in dem kleinen Park herum.

Nik greift zum Smartphone, um die Dame anzurufen. Möglicherweise hat sie den Treffpunkt verwechselt oder die Verabredung vergessen. Da hört er hinter sich eine leicht abgehetzt klingende Stimme.

„Tut mir leid, ich bin noch aufgehalten worden."

Er dreht sich um und steht einer mittelgroßen, sportlichen Mittdreißigerin gegenüber. Steffi Hübner ist konservativ gekleidet und erfüllt die klassischen Buchhalterklischees. Die hellbeige kleine Tasche bildet einen modischen Kontrast zu der dunklen Bluse.

Wenn die langweilige Frisur und der traurige Blick nicht wären, könnte sie ganz apart sein, stellt Nik spontan fest.

Irgendwie kommt sie ihm bekannt vor, allerdings weiß er nicht, in welchem Zusammenhang. Mal sehen, was sie gleich so von sich geben wird, schießt es ihm durch den Kopf.

„Macht nichts“, antwortet er. „Ich will ja was von Ihnen“, fügt er verschmitzt hinzu und lächelt.

Nachdem sie sich zur Begrüßung die Hände geschüttelt haben, setzen sich beide auf die Bank neben dem Denkmal.

Dann lenkt Nik das Gespräch auf den eigentlichen Anlass der Zusammenkunft.

„Ich hatte gestern Abend bei einer Veranstaltung in der Saalburg einen längeren Austausch mit Ihrem ehemaligen Chef, Herrn Weiss.“

„Und, welche Dinge hat er denn erzählt?“

Einfach so dahingesprochen, wirkt die Frage recht teilnahmslos. Sie tut, als würde sie das Thema emotional kaum berühren. Ist ihr Desinteresse echt oder nur gespielt?

Nik berichtet einiges von dem, was der Bauunternehmer zum Besten gegeben hatte.

„Das passt zu ihm. Er versucht immer mitzumischen“, meint Steffi Hübner. „Überall da, wo Geld lockt und wo er sich an die Ideen von anderen dranhängen kann, um Popularität zu erheischen.“

„Sie waren jahrelang seine Buchhalterin“, setzt Nik an, um konkrete Informationen zu erhalten. „Warum kam es denn zur Trennung?“

„Er wollte mir privat näherkommen“, erzählt sie. „Gut, es gab auch mal die eine oder andere gemeinsame Nacht. Aber im Grunde habe ich das nicht gewollt. Schließlich bin ich verheiratet und so attraktiv war der alte Sack nun auch wieder nicht. Und sonderliche Reichtümer kann er kaum vorweisen, das weiß ich genau, ich kenne die Zahlen seiner Baufirma wirklich gut. Alles in allem hätte er keine gute Partie dargestellt, die eine dauerhafte Affäre lohnenswert gemacht hätte.“

Donnerwetter! Diese Frau weiß ganz genau, was sie will.

„Also haben Sie ihn abblitzen lassen“, folgert Nik. „Was geschah danach?“

„Er kann es einfach nicht ertragen, wenn er zurückgewiesen wird. Unser Verhältnis kühlte sich daraufhin sehr ab. Als sich seine Geschäftslage verschlechterte, nahm er das zum Anlass, sich zu rächen. Er hat mich entlassen und selbst die Buchhaltung übernommen. Bei anderen Mitarbeitern ist er nicht so rigoros gewesen. Die sind vor dem Hintergrund der angespannten wirtschaftlichen Situation des Betriebs mit einer Gehaltskürzung davongekommen. Wie gesagt, bei mir war es vor allem eine persönliche Sache.“

„Was ist der Grund dafür, dass es seinem Unternehmen schlechter geht?“

„Geltungssucht“, erklärt Steffi Hübner. „Er hat sich einfach mit Prestigeprojekten verzockt, anstatt es ein paar Nummern kleiner zu versuchen. Bussi hier, Blitzlichtgewitter da. Seine Geschäftspartner waren so ziemlich vom gleichen Schlag – mehr Schein als Sein. Mal schlitterte ein Auftraggeber in die Pleite, das nächste Mal gab es Beanstandungen. Unter dem Strich hat er sehr viel Geld abschreiben müssen. Und seine diversen Frauengeschichten haben ihn auch ein schönes Sümmchen gekostet. Die sind auf ihn geflogen, weil er ihnen ein luxuriöses Leben ermöglicht hat. Obwohl er sich das gar nicht mehr leisten konnte."

„Und seine Ehe …?", hakt Nik nach. „War die angesichts seiner Affären zerrüttet?"

„Ich glaube, eher nicht. Die beiden heirateten jung, bekamen einen Sohn, der mittlerweile seit längerer Zeit in Kanada lebt. Sie haben sich im Laufe der Jahre auseinandergelebt, jedoch in der Öffentlichkeit auf Harmonie gemacht. Seine Frau hat vieles durchgehen lassen; wie gemunkelt wird, hatte sie selbst so manches Kontrastprogramm."

„Wie ist das Verhältnis von Moritz Weiss zu Konstantin Kaiser gewesen?"

„Mal so, mal so. Es hat des Öfteren riesigen Streit zwischen den beiden gegeben und dann spielten sie wieder die dicksten Kumpels. Eigentlich waren das völlig unterschiedliche Typen, die so gar nicht zusammenpassten: Weiss total extrovertiert, Kaiser kreativ und sehr zurückhaltend. Nur wenn Konstantin Kaiser zu viel getrunken hatte, konnte er zutraulich, ja sogar sehr aufdringlich werden. Irgendwie hatten die bestimmt eine gemeinsame

Leiche im Keller. Anders kann ich mir das sonst nicht erklären, dass sie immer wieder zusammengefunden haben. Okay, das mit der Leiche war angesichts der Umstände ein bisschen makaber."

„Trauen Sie Ihrem Ex-Chef einen Mord zu?", kommt Nik auf den Punkt.

„Nicht wirklich", meint die Buchhalterin. „Der mimt nach außen immer den großen Macher. Wenn es hart auf hart kommt, zieht er lieber den Schwanz ein. Natürlich tut sich jeder schwer, in einen anderen Menschen hineinzuschauen, selbst wenn der einem gut bekannt zu sein scheint …"

„Moritz Weiss schuldete Konstantin Kaiser eine Stange Geld. Von unbezahlten Rechnungen für Architekturleistungen habe ich gehört. Meinen Sie, das hat das Verhältnis der beiden zerrüttet?"

„Ehrlich gesagt, nein. Das sind Peanuts. Die haben gemeinsam ganz andere Nummern abgezogen, riesige Geldanlagen und Baugeschäfte im sechs- oder siebenstelligen Bereich. Ich möchte da gar nicht so konkret werden. Hinterher wird mir das noch als Rache oder Verrat von Betriebsgeheimnissen ausgelegt und ich kriege Ärger. Fragen Sie lieber mal …"

Sie teilt ihm den geheimnisvollen Namen mit – und dazu den Ort, an dem er ansässig ist.

„Von mir haben Sie das nicht gehört", ergänzt sie. „Nicht, dass ich damit morgen groß in Ihrer Zeitung stehe."

„Keine Sorge, ich werde das für mich behalten und den Herrn diskret auf die Sache ansprechen. Der wird keinen Verdacht schöpfen, wer meine Quelle gewesen ist."

Nach einer Viertelstunde endet das Gespräch. Steffi Hübner verabschiedet sich und Nik zieht es zum Arbeiten zurück in die Redaktion. Die morgige Ausgabe ruft.

Bevor er den Kurhausgarten verlässt, wirft er nochmals einen Blick in die Außengastronomie. Das kann nie schaden, denn manchmal begegnet ihm ein bekanntes Gesicht. Wenn er Glück hat, erfährt Nik auf diese Weise noch ein paar Neuigkeiten, die eine Ideenquelle für künftige Artikel sein können. Sowieso ist es für einen stadtbekannten Journalisten von Vorteil, stets informiert und einen Schritt voraus zu sein.

Diesmal funktioniert es nicht. Es sitzt keine Person an den Tischen, die er kennt. Also bewegt sich Nik zum Ausgang des kleinen Parks am Schwedenpfad. Er marschiert durch die eiserne Tür an der Straße entlang und biegt nach links ab. Im Vorbeigehen möchte er sich kurz über das Programm in den Schaukästen des „Deutschen Äppelwoi Theaters" schlaumachen.

Doch etwas scheint nicht zu stimmen. Ein großer Mann folgt ihm; Nik ahnt, dass er ihm nicht wohlgesonnen ist und keine guten Absichten hat. Mit dieser Befürchtung wird er recht behalten. Kaum nämlich hat der Journalist den stets spärlich frequentierten Seitenarm der Straße erreicht, riecht er dessen fauligen Atem. Er geht schneller, aber Sekunden später, hinter dem Notausgang, drückt ihn der Mann gegen die gelbliche Gebäudewand. An dieser Stelle kann das Geschehen wegen der Büsche und des braunrötlichen, hervorstehenden Fassadenvorsprungs nur begrenzt eingesehen werden. Die Attacke bleibt deshalb unbemerkt. Ein schnelles, helfendes Einschreiten anderer Passanten kann Nik nicht erwarten.

„Ich gebe Ihnen einen sehr guten Rat", hört er den kräftig wirkenden Kontrahenten sprechen. „Finger weg von Dingen, die Sie nichts angehen. Kümmern Sie sich um Ihre eigenen Sachen!"

Nik versucht, sich aus der misslichen Lage zu befreien – vergeblich, der Überraschungseffekt und die ungleichen Kräfteverhältnisse verhindern eine ernsthafte Gegenwehr.

„Dies ist die letzte Warnung!"

Es bleibt nicht nur bei Worten. Als er die Drohung wahrnimmt, fühlt Nik den heftigen Schlag in den Magen. Er sinkt nieder und krümmt sich am Boden. Dabei ringt er schwer nach Luft und spürt einen Tritt gegen die Bauchgegend. Volltreffer, das muss der Solarplexus gewesen sein: Bei ihm gehen sämtliche Lichter aus.

Während Nik gerade ganz unten liegt, sind Franziska Fröhling und Martin Breitner oben angelangt, auf 415 Metern Höhe. Von der Polizeidirektion in der Saalburgstraße bis zur Saalburg ist es im Grunde ein Katzensprung. Das lässt schon die Namensgleichheit vermuten. Andererseits erweist sich diese Nähe nur dann als Vorteil, wenn die

Strecke frei ist. Heute hatten sie Glück: Die erste Feierabendwelle in Richtung Wehrheim und Usingen war am frühen Abend bereits abgeklungen. Sie konnten die Fahrt ohne Staus zurücklegen – Blaulicht und Martinshorn wurden nicht benötigt. An der nach der einstmals größten europäischen Fabrik für Reifenrunderneuerung „Peters Pneu Renova" benannten „PPR-Kreuzung" sind sie rechts abgebogen. Bergauf hat Martin Breitner mit dem Polizeiauto kurz hinter dem Golfplatz auf der sich öffnenden linken Fahrbahn richtig Stoff gegeben. Binnen kürzester Zeit waren sie am Ziel.

Der Fundort der Leiche wird immer noch von einem Polizisten bewacht, der am Mittag einen Kollegen abgelöst hat. Wer weiß, wer sich sonst da zu schaffen machen würde.

Zwar war die erste Untersuchung durch die KTU mehr als gründlich. Manchmal aber ergeben die folgenden Ermittlungen einen völlig veränderten Suchansatz, etwa im weiteren Umfeld. So können die Stelle und ihre Umgebung erneut in Augenschein genommen werden, falls neue Erkenntnisse auftauchen. Zumindest in der Nacht und bis zum nächsten Tag soll die Wache aufrechterhalten werden. Darüber hinaus denken die ermittelnden Oberkommissare auch über eine verdeckte Beobachtung nach – bekanntlich zieht es viele Täter an den Ort ihres Verbrechens oder in die Nähe zurück. Bis jetzt ist den wachenden Beamten noch nichts unter die Augen gekommen.

Das Wetter oben an der Saalburg fühlt sich ähnlich frühlingshaft an wie in den Tagen zuvor. Der Mai sendet weiter vorsommerliche Signale und zwischen den Baumkronen blinzelt die Sonne hindurch. Sie gehen den nur ein paar Meter vom Parkplatz entfernten Feldweg hinunter, den der nächtliche Beobachter Roland Zweifel beschrieben hatte. Dabei suchen sie aufmerksam nach der Stelle, wo der Mord passiert sein könnte. Auf den ersten Blick finden sie nichts, keinen Ort, an dem es zu einem Kampf gekommen sein könnte. Entweder der oder die Täter sind äußerst gründlich gewesen – oder die vom Zeugen geschilderte Begebenheit hatte gar nichts mit der Tat zu tun und das Verbrechen geschah woanders.

Sie streifen sich Handschuhe über und tüten einige Gegenstände ein, die sie auf dem Weg finden. Viel können sie nicht einsacken, eventuell bringen sie einzelne Fundstücke weiter. Auffälligstes Utensil ist eine goldene Krawattennadel, die aussieht, als ob sie erst seit kurzer Zeit dort liegt.

„Solche Teile sind mega-out“, meint Franziska. „Willkommen in den Neunzigern.“

Sie reicht die Krawattennadel an die Mitarbeiter der Spusi weiter. Sie werden nach der Rückkehr überprüfen, ob das Stück zum Outfit des Toten oder des Täters gehört hat. Fiese Krawattenmörder agieren im Film, der Krawattennadelmörder wäre eine kleine abgewandelte Facette. Da liegt die Vermutung nahe, dass sich das Utensil im Kampf von der Krawatte gelöst hat …

Nun widmen sie sich intensiver diesem Ort, um festzustellen, ob Konstantin Kaiser hier tatsächlich ermordet wurde. Im Visier befinden sich kleine abgeknickte Äste und Veränderungen im Boden, das könnten Indizien dafür sein, müssen es aber nicht. Auch ein Wildschwein kann sich seinen Weg gebahnt haben. Sicherheitshalber nehmen sie auch Erdproben, damit sie einen Abgleich mit den Schuhen des Täters durchführen können – sofern der die Treter nicht schon entsorgt hat. Eine vollständige Gewissheit gibt es noch nicht: Es kann sein, doch es muss nicht sein, dass hier der Mord stattgefunden hat. Bis zum Einbruch der Dunkelheit werden sich die Mitarbeiter der KTU auch noch weitere Stellen in der Nähe vornehmen.

Ein schnelles Ergebnis bringt die Aktion also nicht, es kommt auf die Akribie der Experten vor Ort an. Franziska Fröhling und Martin Breitner gehen zum Fahrzeug zurück. Sie lassen ihre Kollegen allein, weil sie selbst zur Suche und Bewertung solch winziger Details nicht viel beitragen können. Da warten sie lieber deren Bericht ab, die gesparte Zeit lässt sich besser nutzen. Beide wollen noch einmal zurück ins Büro und die bisherigen Erkenntnisse ordnen, bevor sie sich in den Feierabend begeben. Sie steigen ins Auto und biegen wenig später auf die B456 ein. Bei der Fahrt hinab haben sie nach der langen Rechtskurve für einen Moment diesen gigantischen Blick ins Tal vor Augen. Die Strecke wirkt wie eine unendlich lange Sprungschanze, an deren Ende es am Schanzentisch wieder aufwärts zu gehen scheint. Im Hintergrund ist die

Frankfurter Skyline mit dem Messeturm schemenhaft zu sehen.

„Einfach magisch", schwärmt Martin Breitner. „Ich gebe zu, allein diese traumhafte Aussicht wäre einen Mord wert."

10.

Die Jahre sind ins Land gegangen und die beiden Freunde sind zu jungen Erwachsenen herangereift. Sie streiten und vertragen sich; selbst die schlimmste Uneinigkeit kann ihrer engen Kameradschaft nichts anhaben. Beide kennen einander so gut, dass der andere jedes Wort, jede Regung oder Geste versteht. Da genügt ein kurzer Blick und das Gegenüber weiß genau, woran er bei seinem Kumpel ist.

Mit der Zeit sind ihre Aktivitäten nicht nur auf sich selbst gerichtet. Weil sie sonst in der Schule als absolute Außenseiter gelten, versuchen sie, besonders den Mädchen in ihrer Umgebung zu imponieren: Sie fahren Mopeds, später aufgemotzte Autos, mit denen sie den Status der höheren Gesellschaftsschicht imitieren wollen. Dazu brauchen sie Geld, mitunter größere Beträge, als es die bescheidenen Verdienstmöglichkeiten in ihrem Alter hergeben. Also suchen sie nach Wegen, die es ihnen möglich machen, ihre als karg empfundenen Einkünfte zu erhöhen. Das geschieht auf mehr oder manchmal weniger legale Weise.

Sie haben ein Talent darin entwickelt, ihre Umwelt bei deren Aktivitäten zu beobachten. Dabei sehen sie, wie sich viele Bürger ihren Lebensunterhalt auf anständige Art verdienen. Das imponiert den beiden Freunden, nötigt ihnen starke Bewunderung ab. Es gibt freilich auch Personen, die es mit der Redlichkeit ihres Tuns nicht so genau nehmen – ohne dass die Gesellschaft daran Anstoß nimmt. Für diese Menschen empfinden sie tiefste Abscheu. Diejenigen, die durch ihre krummen Touren in Saus und Braus leben, müssen bestraft werden, meinen sie einhellig. Angesichts dieser Erkenntnis fühlen sie sich moralisch befugt, eigenmächtig Abhilfe zu schaffen.

Auf gewisse Weise sind die zwei als ehrliche Jäger unterwegs, die der Gesellschaft ein Stück Gerechtigkeit wiedergeben – so wie einst Romulus und Remus den Räubern im vorrömischen Reich das Handwerk legten. Dass sie es dabei selbst mit dem Recht nicht so genau nehmen, ficht sie nicht an – auch nicht, dass sie es vor allem auf ihren eigenen Vorteil abgesehen haben.

Anonym wenden sie sich an Menschen, die ihren Reichtum auf Lug und Betrug aufgebaut haben. Für das Schweigen lassen sie sich mit kleinen, für ihre Verhältnisse aber lohnenswerten Beträgen bezahlen.

Es handelt sich um Erpressung und die andere Seite spielt mit – vorerst. Denn der zu zahlende Betrag erscheint lächerlich gegenüber den zu erwartenden Konsequenzen, wenn die Wahrheit ans Licht kommt.

Die Betroffenen wissen, wer einmal zahlt, wird immer wieder zur Kasse gebeten. Wenn es eines Tages für sie eng werden sollte, können die Erpressten immer noch härtere Gegenmaßnahmen ergreifen.

11.

Als der Niedergestreckte zu sich kommt, steht ein Ehepaar mittleren Alters um ihn herum.

„Am hellischte Daach", schimpft die Frau. „Schlimm, was uff de Straß abgeht."

Sie wollen von Nik wissen, ob er ernsthaft verletzt ist und sie was für ihn tun können.

„Mer habbe schoo gdacht, Se stehe nimmer aaf", erzählt der Mann. „Gottsoidank habe Se die Aarch schnell widder aafschlaache könne."

„Es ist schon okay", stammelt der Lokalredakteur, auch wenn ihn noch Atemprobleme und Schwindelgefühle quälen.

Mühsam rappelt er sich hoch.

„Alles halb so schlimm."

„Habbe Se de Mann gkannt?", will die Frau wissen.

„Bin ihm gerade das erste Mal begegnet", antwortet Nik, während er sich abtastet. Zum Glück scheint keine Rippe gebrochen zu sein.

„Solle mer nisch doch libber de Bolizei ruuwe?", fragt der Mann.

„Das mache ich selbst“, sagt Nik. „Sie können mir Ihre Namen und die Telefonnummer dalassen. Falls Sie den Typen beschreiben können.“

„De is unmittelbar donooch Rischtung Kurpark klaufe. Abber sei Ksicht habb isch ksehe“, bekräftigt die Frau. „Isch kann ihn sische idendifiziere.“

Sie kramt in ihrer Tasche und holt einen Block nebst Stift hervor.

Dann kritzelt sie ein paar Worte und Zahlen auf das Papier. Anschließend reißt sie das Blatt ab und drückt Nik den Zettel in die Hand. Es handelt sich um ihre Kontaktdaten.

Höflich bedankt er sich und macht sich auf, um sich zurück in die Redaktion zu begeben. Er wirkt angeschlagen, das blühende Leben schaut anders aus.

„Se sollte besse zu de Doktor gehe, junger Mann!“, ruft die Frau hinter ihm her.

Eine halbe Stunde nach dem Zwischenfall taucht Nik wieder in der Redaktion auf. Er fühlt sich deutlich besser, er hatte zuvor noch ein paar Minuten Schonzeit zu Hause eingelegt. Seine Atemprobleme und Schwindelgefühle sind verflogen. Dennoch begleiten ihn leichte Schmerzen vom Schlag und dem Tritt, aber er kann es aushalten. Den Kollegen erzählt er nichts von dem Überfall; äußerlich sind Nik keinerlei Schäden anzusehen, die blauen Flecke werden von der Kleidung verdeckt. Er möchte nicht bemitleidet werden und besonders heroisch fühlt er sich auch nicht. Das Geld für den Selbstverteidigungskurs im vergangenen Jahr hätte er sich sparen können.

Nach weiteren zwei Stunden hat Nik Herzberg den Mord in einem großen Bericht für den Lokalteil der Hochtaunus-Post verarbeitet. Dazu kommt ein Kasten, in dem er über die Verbindung zwischen der Tat und dem Römerprojekt Colosseum spekuliert. Und in einem Kurzartikel weist er auf die Telefonnummer der Kripo hin, unter der Hinweise entgegengenommen werden. Mit ein paar Farbfotos vom Flatterband am Leichenfundort und den herumstehenden Polizeiautos füllt er eine ganze Seite im Lokalteil. *MORD AN DER SAALBURG* lautet die große Überschrift; eine ähnliche Schlagzeile wird auch die Titelseite zieren.

Das Tagewerk ist also getan. Was nun? Die Warnung des unbekannten Schlägers war deutlich. Beim nächsten Mal dürfte es noch ungemütlicher werden. Nik will sich das gar nicht ausmalen, die erste Begegnung am heutigen Nachmittag hatte es in sich; er muss bei seinen künftigen Nachforschungen vorsichtiger sein. Hat er in ein Wespennest gestochen? War es ein brutaler Einzeltäter oder gab es Hintermänner, die sich durch seine Recherchen bedroht sahen? Fühlten sich gar mafiöse Elemente aufgeschreckt? Zu seinem eigenen Schutz dürfte es wichtig sein, herauszufinden, wer der Übeltäter ist, der ihn heute so eiskalt ausgeknockt hat. Er überlegt, sich an die Polizei zu wenden. Zunächst will er selbst erste Anhaltspunkte finden.

Er recherchiert online und macht dabei eine Entdeckung. Nik findet einen zwei Jahre alten Artikel über die Sachspende einer gemeinnützigen Organisation an die „Legion Limes e.V." – eine Gruppe, die historisches Römerleben lebendig darstellt. Auch auf der Saalburg treten die Mitglieder der Legion des Öfteren als militärische Darsteller römischer Soldaten auf. Bei der Spende wurden rekonstruierte Waffen überreicht, darunter Schwerter, wie sie am Vorabend verwendet worden sind. Was wäre, wenn noch weitere, private Anfertigungen der Schwerter existieren? Wenn einer ein Waffennarr ist, möchte er bestimmt ein Exemplar für sich behalten. Vielleicht wurde eines davon im Zusammenhang mit dem Mord verwendet …? Nik versucht herauszufinden, um was für eine Organisation es sich bei dem Spender handelt. Er ist umso erstaunter, als er im Internet auf den Namen der Person stößt, die diese großzügige Einrichtung ehrenamtlich leitet. Ein Bild kann er ebenfalls finden. Potz Blitz! Mit einer solchen Entdeckung hätte er nicht gerechnet. Da besteht eine unmittelbare Verbindung zum Mord.

Morgen wird Nik dann den potenziellen Informanten kontaktieren, den ihm Steffi Hübner genannt hat. Auch „Arminius73" kommt an die Reihe. Eigentlich könnte er sich für den heutigen Abend eine kleine Auszeit gönnen und abschalten. Schließlich hat sein Körper genug Strapazen erleiden müssen. Die Geschichte mit den römischen Schwertern lässt ihm jedoch keine Ruhe. Er will dem Spender ein wenig genauer auf den Zahn fühlen. Also ruft er ihn an und berichtet von seinen Recherchen. Das sitzt! Es gelingt ihm, ein kurzfristiges Treffen in einer halben Stunde zu arrangieren. Der Angerufene möchte ihm eine Geschichte erzählen und Unterlagen übergeben. Hat er Angst, dass ihn Nik in der Zeitung als Verdächtigen beschreibt? Will er deshalb schnell reinen Tisch machen?

Die Dunkelheit setzt ein und der Journalist verlässt die Räume der Hochtaunus-Post in der oberen Louisenstraße. Am Marktplatz biegt er links ab. Nik geht an der immer noch gut gefüllten Terrasse des Bistros vorbei in die Löwengasse. Links von ihm befinden sich die Wohnhäuser und kleinen Lädchen, rechts auf der anderen Seite die Schlossmauer. Der enge Bürgersteig wird von parkenden Autos eingerahmt. Er weicht aus Platzgründen auf die Straße aus, weil ihm mehrere Leute entgegenkommen. Am Eingang zum Schlosspark ärgert sich Nik über das Wendemanöver eines Fahrers mit Wetterauer Kennzeichen, das ihn zum Warten zwingt. Ortskundige biegen zweimal hintereinander links ab, machen einen Bogen durch die Parallelstraße „Am Mühlberg" zurück in die Dorotheenstraße.

„Bloß nicht zu weit laufen", schimpft er vor sich hin. „Am liebsten würden die Leute mit dem Auto direkt an den Schlossteich fahren."

Zu Niks Freude bleibt wenigstens das unlängst wieder instand gesetzte, bläuliche Schlosstor mit dem markanten Wappen bei der Aktion unversehrt. Ein Autofahrer hatte es vor einiger Zeit demoliert.

Er ist an der Schlossmauer vorbeigelaufen und hat die steil abfallende Straße bewältigt. Nun passiert der Lokalredakteur die Jugendherberge und dann das Basketballfeld. Angesichts der abnehmenden Lichtverhältnisse verlassen die jugendlichen Korbjäger gerade die Spielstätte und gehen ihrer Wege. Ihre Hip-Hop-Musik aus dem Ghettoblaster begleitet sie.

Nik erreicht indes die Fußgängerbrücke über den Hessenring und überquert die vierspurige Hauptverkehrsstraße. Auf der anderen Seite angekommen geht er den Fußweg an der Hölderlinschule entlang in Richtung Urseler Straße.

Es werden weitere zehn Minuten vergehen, bis er sein abendliches Ziel so gut wie erreicht haben wird. Er läuft über die Seifgrundstraße am Supermarkt und an der Hochtaunushalle vorbei. Dann kommt er im Kolberger Weg an. Wenig später befindet er sich unterhalb des Platzenbergs an der Gabelung, wo es von der Stettiner Straße aus links in Richtung Bommersheimer Weg geht. Rechts von ihm wuchert das Gebüsch vor den Bäumen des waldähnlichen Fleckens, geradeaus beginnt die Steigung durch das freie Feld. Gerne lassen hier Hundehalter ihren Vierbeinern freien Lauf; angesichts der Dunkelheit sind keine zu sehen, sie haben längst wieder ihr Zuhause aufgesucht.

Als Nik an der verabredeten Stelle bei den Parkflächen vor dem angrenzenden Spielplatz auftaucht, ist der andere noch nicht da. Das erscheint seltsam, denn seine Verabredung hatte das Telefongespräch mit „Ich werde pünktlich sein“ beendet. Klar verbreiten viele Menschen solche Floskeln und nehmen es hinterher nicht so genau. Auch auf Steffi Hübner hatte er vorhin warten müssen. Aber hier beschleicht Nik das Gefühl, dass es für das Nichtauftauchen einen Grund geben muss.

Er zückt sein Mobiltelefon und wählt die Nummer. Der Angerufene geht nicht ran. Auf einmal sieht Nik wenige Meter entfernt ein Leuchten. Und er nimmt leise eine Melodie wahr, dieselbe, die er schon einmal gehört hat. Es handelt sich um den Klingelton eines Smartphones, das am Wegesrand liegt. Nik hebt das Gerät auf und schaut sich um. Von seinem Besitzer gibt es auf den ersten Blick keine Spur.

Ihm bleibt keine Zeit, die ganze Sache seltsam zu finden. Plötzlich eskaliert die Lage: Wie aus dem Nichts rennen vom Bommersheimer Weg aus mehrere Gestalten auf ihn zu. Sie rufen ihm lautstark einige Worte zu. Nik kann sie nicht verstehen und erstarrt. Fast im selben Moment haben ihn die Personen zu Boden geworfen und fixiert. Zum zweiten Mal binnen weniger Stunden befindet er sich in einer unkomfortablen Lage. Folgt jetzt die Strafe, die der Schläger vom Nachmittag angekündigt hatte?

12.

Den Abend nutzen Franziska Fröhling und Martin Breitner, um den Mordfall zu besprechen und die bisherigen Resultate zu interpretieren. Die Indizien nach der Zeugenaussage liegen auf dem Tisch. Das Fahrzeug, in das der Verdächtige gestern Abend an der Saalburg eingestiegen war, haben sie heute Vormittag flüchtig wahrgenommen. Zwar gilt Bad Homburg als heimliche deutsche Hauptstadt der SUVs, sodass theoretisch Hunderte Einwohner infrage kommen würden. Nur handelt es sich bei diesem „Geländewagen" um ein besonders großes Schlachtschiff, von dem nur wenige auf den Straßen fahren. Und auch die beschriebene Autofarbe trifft zu – kein Wunder also, dass die namensbezogene Halterabfrage das erwartete Ergebnis bringt.

Die Untersuchung der gefundenen Krawattennadel warten sie gar nicht erst ab. Stattdessen werden die beiden Kommissare selbst aktiv und durchforsten emsig das Internet.

Und siehe da: Schlipsklammern wurden auf den im Netz gefundenen Bildern mitunter von einer ganz bestimmten Person getragen, die auch der SUV-Fahrer ist. Damit wird zunehmend klarer, wer der Mörder von Konstantin Kaiser zu sein scheint.

„Solche neureichen Typen habe ich gern", meint Franziska Fröhling. „Sobald sie zu ein paar Euro gekommen sind, protzen sie, wo sie nur können: dickes Auto, teure

Kleidung und meist steckt gar nichts dahinter. Und selbst wenn sie schon auf dem absteigenden Ast sind, treten sie weiter auf, als hätten sie die Welt neu erfunden."

Es passt einfach alles zusammen: Motiv, Täterbeschreibung, Fahrzeug, Verhalten am Tatort und das Kleidungsaccessoire. Zudem hatte der Hauptverdächtige am Abend zuvor einen heftigen Streit mit dem Ermordeten. Das alles kann kein Zufall sein. Schneller als erwartet könnte der Mordfall gelöst werden.

„Lass uns den Herrn hinter Schloss und Riegel bringen, bevor er noch mehr Unheil anrichtet", beschließt Franziska. „Sollte er gestehen, haben wir für den Rest der Woche ein paar entspannte Tage."

Ihr Kollege nickt beim Verlassen des Büros. Sie fahren los, um Moritz Weiss in Untersuchungshaft zu nehmen. Einen Haftbefehl beantragen sie nicht. Hier erscheint unmittelbare Gefahr im Verzug und daher können sie ihn ohne amtliches Dokument festsetzen. Den letzten Beweis wird der DNA-Abgleich liefern, sind beide überzeugt.

Doch zunächst müssen sie den Verdächtigen finden. In der Firma treffen sie ihn nicht an. Also versuchen sie es bei ihm zu Hause. Er wohnt in der Oberen Brendelstraße, in der einige vornehme Häuser stehen. Die Polizisten klingeln, es öffnet eine Dame, seine Ehefrau, wie sich herausstellt. Ihr Mann sei nicht da, erklärt sie. Das letzte Mal hätte sie ihn am Morgen gesehen, sie wisse auch nicht, wo er sich aktuell aufhalte.

„Gerne können Sie unser Haus durchsuchen."

Die Ermittler glauben ihr und sehen davon ab. Warum sollte Frau Weiss eine Durchsuchung riskieren, wenn sich ihr Mann daheim befindet …? Sie wirkt auch nicht besonders unsicher. Es scheint, als hätte sie tatsächlich nichts zu verbergen.

Beide gehen zurück zum Auto und versuchen es telefonisch. Doch beim Wählen der Mobilnummer von Moritz Weiss springt nur die Mailbox an.

„Der hat uns schön reingelegt", ärgert sich Martin Breitner. „Am Morgen spielt er den Unwissenden. Dadurch gewinnt er Zeit und ist fort über alle Berge. Gleich wird es völlig dunkel und dann haben wir erst recht das Nachsehen."

„Lass es uns noch mal in seinem Maschinenpark in Burgholzhausen versuchen", regt Franziska an. „Wenn er dort nicht sein sollte, werden wir ihn sofort zur Fahndung ausschreiben."

Gesagt, getan: Zehn Minuten später hat das Duo bereits den größten Teil der Strecke zurückgelegt. Sie passieren in Friedrichsdorf die Philipp-Reis-Schule, als das Smartphone der Kommissarin klingelt. Sie nimmt die Nachricht entgegen und so wie sie reagiert, muss etwas Einschneidendes geschehen sein.

„Wir müssen sofort wieder zurück", ruft sie aufgeregt.

Breitner schaut Franziska fragend an, während sie einmal vollständig um den Kreisel an der Max-Planck-Straße fahren. Nach dieser Ehrenrunde geht es wieder dorthin, wo sie hergekommen sind.

„Es hat schon wieder einen Mord in Bad Homburg gegeben“, klärt sie ihn auf.

13.

Wer handfeste Warnungen ignoriert, ist selber schuld. Nik Herzberg hat seine Nase tief in Dinge gesteckt, die anderen Leuten offenbar nicht gefallen. Jetzt haben sie ihn aufgegriffen und er muss mit ernsthaften körperlichen Konsequenzen rechnen. Seine Situation fühlt sich mehr als bescheiden an, ausrichten kann er nichts. Er liegt von mindestens drei Angreifern festgehalten auf dem Bauch darnieder.

Einer drückt ihm mit der Hand den Mund zu, sodass er nicht einmal um Hilfe schreien kann. Es bleibt ihm nichts anderes übrig, als seinem ungewissen Schicksal entgegenzusehen. Spontan denkt Nik an Waterboarding oder fiese Dinge mit dem Schraubstock. Sie werden ihn so lange malträtieren, bis er endlich auspackt – blöd nur, dass seine Recherchen erst am Anfang stehen und er, selbst wenn er es wollte, nichts zu verraten hätte.

„Wir haben ihn“, hört er einen der Kontrahenten sagen. „Was sollen wir mit ihm anstellen?“

Diese Worte sind kein gutes Zeichen. Solche Menschen spaßen nicht. Der Tag scheint für ihn kein gutes Ende zu nehmen, fürchtet er. Wie anders war es noch am Morgen gewesen, als er sich voller Tatendrang aufgemacht hatte, über das Colosseum zu schreiben.

Gleich wird es ihm richtig an den Kragen gehen, fühlt Nik. Eine Taschenlampe leuchtet ihm direkt in die Augen. Er wird von dem grellen Licht so stark geblendet, dass er die Gesichter seiner Peiniger nicht erkennt. Nur schemenhaft sieht er ihre Körper. Der korpulente Typ vom Nachmittag ist auf den ersten Blick nicht dabei. Das lässt ihn trotz der misslichen Konstellation ein wenig hoffen, dass es noch halbwegs glimpflich ausgehen könnte.

Und tatsächlich hat er Glück. Es sind keine Kriminellen, die Nik auf den Asphalt geworfen haben und festhalten.

„Ihr könnt ihn loslassen", befiehlt eine energische weibliche Stimme. „Der wird keinen Widerstand leisten."

Kommissarin Franziska Fröhling hat die Taschenlampe ausgemacht und steht direkt vor ihm. Sie war wenige Minuten zuvor mit Martin Breitner angekommen und hatte sich nach kurzem Begutachten der Leiche zurückgezogen. Als gerade weitere Kollegen und die Spurensicherung auftauchten, sahen sie eine verdächtige Person beim Aufheben des Mobiltelefons – und schlugen zu.

Nik registriert, dass er mit heiler Haut davonkommen wird. Langsam erhebt er sich, die Beamten helfen ihm beim Aufstehen.

„Drei gegen einen", beschwert er sich, blinzelnd aufgrund der Lichtwirkung. „Seid ihr völlig durchgeknallt? Was soll das?"

„Das fragen wir Sie", erwidert die Polizeifrau. „Was in aller Herrgottsnamen treiben Sie hier in der Dunkelheit?"

Der Journalist erzählt, mit wem er verabredet war. Er hätte ihn nicht angetroffen und darum versucht, ihn telefonisch zu erreichen.

Dann habe er das Smartphone mit dem eigentümlichen Klingelton gesehen und gehört. ‚Ganz in Weiß mit einem Blumenstrauß' lautete der Gag, mit dem Moritz Weiss die Anrufer beglückte.

„Das war vergebene Liebesmüh. Herrn Weiss werden Sie nicht mehr lebendig treffen", klärt ihn Franziska auf. „Er liegt dort hinten, erstochen am Bommersheimer Weg. Den Blumenstrauß können Sie sich für die Beerdigung aufheben."

Nik ist noch geschockt von der neuerlichen Attacke auf ihn. So nimmt er die Nachricht vom Tod des Bauunternehmers teilnahmslos hin.

„Überrascht Sie nicht besonders", mischt sich Martin Breitner ein. „Der zweite Tote binnen 24 Stunden und wieder besteht eine Verbindung zu Ihnen. Diesmal befinden Sie sich sogar fast zur Tatzeit unweit des Opfers."

Es tritt eine kurze Pause ein, bevor der Kommissar fortfährt.

„Leichen pflastern Ihren Weg", fügt er hinzu. „Sie sind ja gefährlicher als Jack the Ripper."

Diese Worte holen Nik aus seiner Lethargie. Er schreitet zur Vorwärtsverteidigung und reicht dem Kommissar sein Mobiltelefon.

„Ich kann alles belegen, was ich gesagt habe", betont er trotzig. „Schauen Sie sich das Protokoll der Telefonate an."

Breitner blickt auf das Display und prüft dabei die ein- und ausgehenden Gespräche. Er nickt und reicht Nik das Gerät wieder zurück.

„Scheint zu stimmen", grummelt der Kriminalpolizist. „Aber völlig aus dem Schneider sind Sie damit noch nicht. Schließlich haben Sie das Smartphone des Ermordeten in den Fingern gehabt und könnten die Anrufe manipuliert haben."

Auf einmal rückt die kleine Kabbelei in den Hintergrund. Die Befragung der Anwohner am Bommersheimer Weg liefert einen Hinweis. Ein Zeuge hat zwar nicht den Mord gesehen, jedoch einen großen, kräftigen Mann, der vom Tatort weglief. Seine Statur war im Schein der Straßenbeleuchtung deutlich zu erkennen. Es muss vor ungefähr einer halben Stunde geschehen sein.

Als er die Beschreibung hört, kommt Nik ins Grübeln. Großer, kräftiger Mann? Womöglich noch sehr schlagfertig ...? Diese Bekanntschaft hatte er heute Nachmittag geschlossen. Sollte die gleiche gewalttätige Person wieder gewütet haben? Hatte der Mann auch gegenüber Moritz Weiss „eine letzte Warnung" ausgesprochen?

Bislang hatte Nik gezögert, die Polizei über den Angriff auf ihn zu informieren. Damit kann er die kampfsporterprobte Kommissarin sicherlich kaum beeindrucken. Sie hätte wahrscheinlich kurzen Prozess mit dem

Gegner gemacht, ihn im Polizeigriff zur Aufgabe gezwungen oder gleich k. o. geschlagen.

Doch angesichts der neuen Ausgangslage kommt Nik nicht mehr drum herum, die Geschichte zu erzählen. Einerseits muss er bei der Aufklärung helfen, andererseits könnte er das nächste Opfer sein, sollte er weiter recherchieren. Da wäre es besser, wenn die Polizei den Brutalo festnehmen würde, bevor der wieder zuschlägt. Also berichtet er Franziska und ihrem Kollegen von der schmerzhaften Begebenheit.

„Tja, wer nicht hören kann, muss spüren", kann sich Martin Breitner ein Grinsen nicht verkneifen. „Das kommt davon, wenn sich ein Leichtgewicht mit den schweren Jungs anlegt."

Franziska wendet sich an die Mitarbeiter von der Kriminal-Technischen Untersuchung, um erste Erkenntnisse zu erlangen. Moritz Weiss scheint durch mehrere Messerstiche zu Tode gekommen zu sein, von der Tatwaffe fehlt jede Spur. Der Exitus dürfte erst vor kurzer Zeit eingetreten sein, der Körper ist noch warm. Zudem riecht es nach Spiritus, mit dem in der Nähe der Leiche ein Feuer entzündet wurde. Auf diese Weise sind Unterlagen verbrannt worden, die vermutlich vom Ermordeten stammten. Da sollten wohl unbequeme Informationen schnell vernichtet werden. Mehr wissen die Leute von der Spurensicherung noch nicht. Weil sich das Opfer von heute Abend und der Tote aus der vergangenen Nacht gekannt hatten, hängen die zwei Fälle zusammen. Das scheint für

Franziska festzustehen. An einen Zufall glaubt sie nicht. Auch stammten beide aus der Baubranche und jeder von ihnen hatte Kontakt zu Großinvestor Leo von Burtenbach gesucht.

„Der Mörder hatte einen Brandbeschleuniger dabei. Das spricht für eine geplante Aktion“, folgert sie. „Seltsam ist nur, warum der Täter die Unterlagen vor Ort anzündet und nicht mitnimmt. Das hat ihn zusätzliche Zeit gekostet und die Gefahr erhöht, entdeckt zu werden. Es könnte eine Kurzschlusshandlung gewesen sein, weil die Informationen so brisant waren, dass der Mörder beim Überfliegen in Panik geriet.“

Sie holt kurz Luft und fährt mit ihren Überlegungen fort.

„Zwei weitere Dinge sind diesmal anders“, stellt Franziska fest. „Die wahrscheinliche Mordwaffe, das Messer, wurde nach der Tat aus der Leiche gezogen. Und es sieht nicht nach einem Ritualmord aus, um explizit auf das Colosseum hinzuweisen.“

„Ich widerspreche Ihnen nur äußerst ungern“, entgegnet Nik mit einem leicht spitzbübischen Lächeln. „Sehen Sie das Straßenschild da?“

„Und …?“, schaut sie ihn ungläubig an.

„Na, Bommersheimer Weg. Ich glaube, der Mord wurde ganz bewusst an dieser Stelle durchgeführt. Für mich sieht der Straßenname nach einem eindeutigen Hinweis auf Leo von Burtenbach aus. Er besitzt nämlich eine Beteiligung an einem Gestüt in Oberursel-Bommersheim.“

„Nicht schlecht für einen Amateurdetektiv wie Sie", lobt Franziska. „An dieser These könnte durchaus etwas dran sein, sofern der Täter von dem Gestüt wusste."

Nik hat Notiz von den verbrannten Unterlagen genommen, die ihm von Moritz Weiss übergeben werden sollten. Er fragt, ob noch brauchbare Informationen zu identifizieren seien. Die Polizistin verneint. Es sind lediglich mehrere stark verkohlte Blatt Papier gefunden worden. Sie hofft auf die Rekonstruktion mithilfe der Experten im Labor.

„Warum wollte er sich mit Ihnen ausgerechnet an dieser Stelle treffen?", will die Kommissarin wissen.

„Angeblich hatte er noch auf einer Baustelle in der Nähe zu tun", berichtet Nik. „Kann auch sein, dass er den Ort gewählt hat, weil der um diese Zeit recht menschenleer ist. Zumindest hätte kaum jemand von unserem Treffen hier Notiz genommen."

Das Ereignis hat mit einem Schlag die Verdachtslage komplett geändert. Eben hielten sie Moritz Weiss noch für einen Verbrecher und der Fall schien geklärt. Jetzt wurde Weiss selbst umgebracht. Plötzlich rückt ein anderer Verdächtiger durch die Zeugenaussage in den Mittelpunkt der Ermittlungen.

Der potenzielle Mörder wird zur Fahndung ausgeschrieben. Es fehlt noch ein gutes Fahndungsfoto von dem korpulenten Herrn. Die Kommissarin und ihr Kollege beschließen, dafür mit dem Zeugen vom Bommersheimer Weg aufs Polizeirevier zu fahren. Auch das Ehepaar, das den Übergriff auf Nik gesehen hat, wird benachrichtigt. Am Computer entsteht mithilfe aller ein Phantombild des Verdächtigen. Mittlerweile sind sich Franziska Fröhling und Martin Breitner einig: Der Schläger vom Nachmittag und der Messerstecher vom Abend sind ein und dieselbe Person.

Gleich wird das Bild online im Presseportal der Polizei Hessen veröffentlicht werden. Darüber hinaus werden die sozialen Netzwerke einbezogen, ohne die es heutzutage kaum noch geht. Mit diesem Maßnahmenbündel erhöht sich der Druck auf den Täter. Für den Fall, dass er aus Bad Homburg oder Umgebung stammt, dürfte es für ihn äußerst ungemütlich werden.

Die Hochtaunus-Post ändert noch einmal ihre Schlagzeile auf der Titelseite für den nächsten Tag: *ALARM IN DER KURSTADT: ZWEI MORDE BINNEN 24 STUNDEN* lautet nun die neue Überschrift. Außerdem bauen die Zeitungsmacher das Bild des Verdächtigen ein. Darüber steht eine unmissverständliche Frage: *WER KENNT DIESEN MANN?* Dazu kommt eine kurze Beschreibung: ungefähr 1,90 Meter groß, sehr korpulent, übergewichtig, schnell aufbrausend, gewaltbereit und mit einem Messer bewaffnet. Zeitgleich wird die Online-Version des Blattes aktualisiert. Die Beteiligten sind vom Erfolg der Maßnahme überzeugt: Das Telefon dürfte am nächsten Morgen rappeln und in den sozialen Netzwerken werden heiße Diskussionen ablaufen. Der Mann sollte allerspätestens bis zum Mittag identifiziert sein.

Tag drei: Mittwoch

14.

Wie erwartet erweist sich die Aktion mit dem Fahndungsfoto als voller Erfolg. Schon am frühen Morgen glühten die Drähte bei der Polizei. Franziska Fröhling und Martin Breitner fanden deshalb nur wenig Schlaf. Bereits seit halb sechs sind sie wieder an ihren Schreibtischen in der Saalburgstraße. Sie wissen jetzt, wer der verdächtige Mann auf dem Phantombild ist. Abgesehen davon, dass manche sich irren oder ihren Nachbarn anschwärzen, ergeben die Hinweise eine eindeutige Tendenz: Die Mehrzahl der Anrufer scheint sich einig zu sein. Nun muss gehandelt werden! Das Sonder-Einsatz-Kommando steht bereit. Gleich wollen sie loslegen und den vermeintlichen Täter festnehmen.

Während die Kurstadt noch weitgehend schläft, machen sich drei Polizeiautos nach Ober-Eschbach auf. In der Jahnstraße halten sie an, unweit des kleinen Einfamilienhauses, in dem der Hauptverdächtige mit seiner Frau wohnt. Das SEK bringt sich unscheinbar in Stellung, Franziska und Martin Breitner gehen zügigen Schritts auf die Eingangstür zu. Ihr Klingeln bleibt ungehört, auch beim zweiten Versuch ist im Haus keinerlei Bewegung festzustellen. Nicht einmal an einer Gardine wird neugierig gezupft, um zu schauen, wer so früh vor der Tür steht.

„Ausgeflogen", meint Breitner. „Der Vogel hat geahnt, dass wir ihm auf der Spur sind."

„Ich weiß nicht", erwidert Franziska. „Irgendwas macht mich stutzig."

Sie überlegen, was sie tun können. Sicherlich gäbe es die Möglichkeit, das Haus zu stürmen. Doch das würde im beschaulichen Ober-Eschbach für Aufruhr sorgen, die langsam erwachenden Anwohner in Angst und Schrecken versetzen. Also wird es zunächst auf die sanfte Tour versucht.

„Wir verschaffen uns Zutritt", schlägt die Kommissarin vor. „Lasst uns die Tür unauffällig aufbrechen."

Sie winkt einen uniformierten Polizisten heran und spricht kurz mit ihm. Daraufhin geht der Herbeigerufene zur Haustür und öffnet sie mit wenigen Handgriffen. Bei dieser simplen Schließanlage hätte auch jeder Amateur-Einbrecher leichtes Spiel gehabt.

„Herr Hübner!", ruft Franziska, als sie mit gezogener Waffe vorsichtig die Diele betritt. „Herr Hübner, sind Sie daheim?"

Erneut der Name Hübner. Um einen Zufall handelt es sich nicht. Jürgen Hübner ist mit Steffi Hübner verheiratet, der ehemaligen Buchhalterin von Moritz Weiss. Sie war zuletzt auf ihren früheren Chef nicht gut zu sprechen. Sollte sich ihr Mann an dem Bauunternehmer in ihrem Namen gerächt haben?

Die persönliche Ansprache bringt Franziska nicht weiter. Nichts passiert, sie erhält keine Antwort. Dafür dringt ein eigentümlicher Geruch in ihre Nase. Es duftet recht stark nach Benzin.

Martin Breitner, der seine Kollegin gesichert hat, signalisiert dem SEK durch die offene Tür, in Deckung zu bleiben – das Zeug könnte leicht entflammbar sein …

Die beiden Kommissare gehen auf die Wohnzimmertür zu. Unversehens hören sie ein Scheppern und Klirren, wie von einer heruntergefallenen Vase. Sie stoppen, weil ihnen die Situation unheimlich erscheint. Was hat das Geräusch zu bedeuten? Ist Jürgen Hübner versehentlich gegen einen Einrichtungsgegenstand gerannt? Plant er die Flucht nach vorn, indem er selbst zum Angriff übergeht?

„Herr Hübner!“, wiederholt Franziska lautstark. „Herr Hübner, wenn Sie da sind, kommen Sie heraus.“

Für Sekunden ist es mucksmäuschenstill. Dann ertönt eine Antwort.

„Bleiben Sie, wo Sie sind! Sonst passiert ein Unglück!“

„Sind Sie es, Herr Hübner?“, fragt Franziska mit erhobener Stimme.

Sie versucht, zu beschwichtigen.

„Tun Sie bitte nichts, was Sie in Wirklichkeit gar nicht tun wollen …“

„Gehen Sie keinen Schritt weiter!“, hallt es aggressiv aus dem Wohnzimmer. „Sonst zünde ich das Benzin an, mit dem ich das Haus getränkt habe. Dann werden wir alle in den Flammen umkommen.“

Die Parallelen liegen auf der Hand. Wie bei der Ermordung von Moritz Weiss soll ein Brandbeschleuniger zum

Einsatz kommen. Das macht Jürgen Hübner noch verdächtiger, als er ohnehin schon war.

„Wo befindet sich Ihre Frau?“, will Franziska wissen.

Sie kann Jürgen Hübner immer noch nicht erkennen, obwohl die Wohnzimmertür verglast ist.

„Die habe ich bei mir“, antwortet der Verdächtige lautstark. „Wenn Sie jetzt reinkommen, wird sie mit mir sterben.“

„Herr Hübner, bitte lassen Sie Ihre Frau frei. Wollen Sie wirklich, dass ihr was zustößt?“

Nichts passiert. Stattdessen droht die Lage zu eskalieren.

„Hauen Sie endlich ab!“, brüllt er dumpf durch die Wohnzimmertür.

Franziska sieht die Gefahr heraufziehen. Sie versucht, auf Zeit zu spielen, und bläst vorerst zum Rückzug.

„Herr Hübner, ich verlasse jetzt das Haus“, ruft sie ihm zu. „Bitte gehen Sie noch mal in sich und lassen Sie uns das hier friedlich beenden.“

Draußen will sie sich mit ihren Kollegen über das weitere Vorgehen beraten. Der Einsatz könnte aus dem Ruder laufen, spürt sie. Drinnen befindet sich ein mutmaßlicher Mörder, der nichts mehr zu verlieren hat und zu allem entschlossen ist. Ihm scheint sein eigenes Leben und sogar das Leben anderer völlig egal zu sein. Nicht einmal vor seiner Frau wird er haltmachen.

Als sie wieder das Freie erreicht hat, holt Franziska tief Luft. Aber was soll der nächste Schritt sein? Wie können sie den Lebensmüden zur Aufgabe zwingen und vor allem seine Ehefrau retten?

Martin Breitner hat in der Zwischenzeit die Feuerwehr kontaktiert und bittet sie, unauffällig am Tatort aufzutauchen. Er fragt nach, wie schnell im Fall des Falles das Feuer im Haus gelöscht werden kann. Die Antwort klingt vage, da es immer von den jeweiligen Bedingungen abhängt, mit welcher Geschwindigkeit sich eine Sache entzündet. Wurde tatsächlich das ganze Gebäude mit Benzin getränkt? Existiert eine Sprinkleranlage, durch die sich die Ausbreitung verzögern würde? Mit großer Wahrscheinlichkeit wird in dem kleinen Haus keine solche automatische Löscheinrichtung vorhanden sein. Auch dürfte weniger das Feuer den Insassen den schnellen Garaus machen, sondern der Rauch.

Doch als die Feuerwehr eintrifft, geht es nicht mehr um theoretische Abläufe. Von einem Moment auf den anderen spitzt sich die Lage zu. In der Ober-Eschbacher Straße tönt ein Martinshorn laut auf. Später wird sich die wahre Ursache herausstellen, es handelte sich um einen Krankenwagen auf dem Weg zum Notfalleinsatz.

Das laute Signal muss Jürgen Hübner gehört und falsch interpretiert haben. Er glaubt, dass die Polizei gewaltsam das Haus stürmen will, und bläst zum Gegenangriff. Auf einmal ist ein neuerliches Scheppern vernehmbar. Und: Es sind Flammen und Rauch in dem Gebäude zu sehen!

„Zugriff!“, schreit Martin Breitner.

Kaum hat er die Worte ausgesprochen, bewegt sich das SEK mit dem Feuerwehrtrupp im Schlepptau auf das Gebäude zu. Sie betreten das Haus durch die Eingangstür, das Einsatzkommando versucht, die Brandbekämpfer so gut zu sichern, wie es geht. Was aber, wenn das Feuer eine Falle ist und sie in einen Hinterhalt gelockt werden? Dann sähe es übel für alle aus!

Für wenige Sekunden herrscht Ungewissheit. Doch die Sorge erweist sich als unbegründet. Trotz des Rauchs behält die Polizei den Überblick, niemand ist im Eingangsbereich zu sehen. Sekunden danach hat die Feuerwehr den Brand unter Kontrolle. Eine Art Molotow-Cocktail war geworfen worden, der äußerlich zu einem großen Effekt führte, praktisch aber nur eine geringe Wirkung besaß.

Entschlossen stürmt das Einsatzkommando in das Wohnzimmer, Franziska Fröhling und Martin Breitner marschieren direkt hinterher. Drinnen sehen sie noch ein paar Rauchschwaden. Von Jürgen und Steffi Hübner gibt es keine Spur.

„Durchsuchen!", kommandiert Martin Breitner. „Das ganze Haus durchsuchen!"

Es dauert nicht lange und die Beamten haben jeden Winkel einschließlich des Kellers durchkämmt. Personen finden sie keine, der Täter hat zusammen mit seiner Frau das Weite gesucht. Darauf deutet die offene Kellertür hin, die sie zuvor in der Eile nicht beobachtet hatten. Der Brandsatz dürfte nur eine falsche Fährte gewesen sein, um die Polizei zu beschäftigen und unbemerkt verschwinden zu können. Zudem hatte Jürgen Hübner die Wohnung nicht mit Benzin getränkt, der Geruch stammt von einem offenen Benzinkanister. Auch das geschah wohl nur zum Zwecke der Ablenkung.

Die zwei Ermittler rennen durch die Kellertür. Sie eilen über die schmale Treppe ins Freie und weiter durch den kleinen Garten bis zur Straße. Hübner und seine Frau sind nicht zu sehen.

„Einer mit mir nach links, einer mit Franziska nach rechts“, ruft Martin Breitner den anderen Polizisten zu. „Die können noch nicht weit sein.“

Sie laufen in unterschiedliche Richtungen. Denn nur wenn sie den Mann unverzüglich entdecken, können sie ihn stoppen und weiteres Unheil verhindern.

So schnell sie auch sprinten, für den Augenblick ist alle Anstrengung umsonst gewesen. Ziemlich aus der Puste kommen die Verfolger nach gut fünf Minuten unverrichteter Dinge zurück.

Zum Glück bleibt selbst in der Früh in Ober-Eschbach nichts unbemerkt. An der Straße steht ein Nachbar, der „Im Eschbachtal“ wohnt.

„Gude“, begrüßt er die leicht erschöpften Polizisten. „Isch könnt Ihne helfe, de Verdäschtige zu finne.“

Der Anwohner hat das morgendliche Szenario beobachtet. Jürgen Hübner sei mit seiner Frau über den Hof der Grundschule entkommen, berichtet er. Dann wären beide in einen älteren schwarzen VW Golf eingestiegen und getürmt. Das Nummernschild habe er sich merken können, weil er das Auto tagtäglich sehe.

„Sicher?“, fragt Franziska mit eindringlichem Blick.

Der Zeuge nickt.

„So sischer wie des Amen in de Kirsch. Sie könne misch nachts wecke und isch saare Ihne des Kennzeische im Schlaaf uff.“

Die Polizistin veranlasst eine Halterabfrage und erhält gleich darauf die Bestätigung.

Wie es aussieht, hatte Jürgen Hübner einen Polizeieinsatz befürchtet und für den Fall des Falles eine Fluchtstrategie ausgeklügelt. So erklärt es sich, dass er das Fahrzeug vorsorglich in der Parallelstraße geparkt hat. Die Kommissarin zieht ein Stück Papier aus ihrer Lederjacke, notiert sich Buchstaben und Zahlen. Immer noch ein wenig erschöpft von der Verfolgungsjagd wendet sie sich über Funk an die Kollegen in der Region.

„Großfahndung nach schwarzem Golf, etwa zehn Jahre alt. Der Fahrer Jürgen Hübner wird wegen des dringenden Mordverdachts in zwei Fällen gesucht. Vorsicht, der Verdächtige zeigt sich äußerst aggressiv und könnte bewaffnet sein. Seine Frau scheint er als eine Art Geisel dabeizuhaben. Das Kennzeichen des gesuchten Fahrzeugs lautet HG – JH ...“

15.

Nik hat eine äußerst miese Nacht hinter sich. Der zweite Mord führte dazu, dass er erst gegen zwei Uhr in den Federn landete. Die kurzfristige Umgestaltung der aktuellen Ausgabe der Hochtaunus-Post und die Mithilfe bei der Erstellung des Phantombildes waren dafür verantwortlich. Weil er durch die Ereignisse des vorangegangenen Tages immer noch sehr aufgeregt war, konnte er erst gegen fünf Uhr einschlafen. Dabei plagte ihn seine leicht geprellte Rippe, nachts fühlen sich Schmerzen dreimal so stark an. Und als ob das nicht schon genug wäre, suchte ihn noch ein Albtraum heim. Darin wurde Nik von einem Monster verfolgt, das dem Schläger ähnelte, den die Polizei inzwischen als Jürgen Hübner identifiziert hat. Hatte der Aggro gestern noch schlechten Atem gespendet, rannte er diesmal feuerspeiend durch den Kurhausgarten hinter ihm her. Wie bei einem Drachen donnerte er riesige Flammen aus seinem Mund, die Bäume ringsherum brannten. Jedes Mal, wenn Nik den kleinen Park verlassen wollte, schlossen sich die eisernen Tore, es gab einfach kein Entrinnen.

‚Ich habe Sie gewarnt', dröhnt die düstere Stimme seines Verfolgers in Niks Kopf. Kurz bevor ihn der Irre in die Mangel nimmt, wacht er zitternd und schweißgebadet auf. Er braucht eine knappe Minute, bis er einigermaßen klare Gedanken fassen kann. Alles ist gut, es war nur ein Traum, in dem ihn das Monster attackierte.

Total gerädert stellt Nik in der Küche die Kaffeemaschine an. Er geht ins Bad und schaut in den Spiegel.

„Wir beide sehen heute Morgen richtig scheiße aus", murmelt er beim Anblick seines müden Gesichts.

Die Zeit, in der das Wasser durch den Kaffeefilter läuft, nutzt Nik für eine schnelle Dusche. So werden wenigstens ein paar Lebensgeister in ihm erweckt. Anschließend setzt er sich an den Tisch und trinkt zwei große Tassen Kaffee, dazu isst er einen Schokoriegel. Nach gesunder Ernährung hat er gerade kein Verlangen. Immerhin, mit dem süßen Energiespender kommt sein Körper noch ein bisschen mehr in Schwung. Allerdings gehen ihm ein paar dunkle Gedanken nicht aus dem Kopf. Zwei Menschen waren ermordet worden, er selbst wurde massiv bedroht. Hatte er nur Glück, als er Moritz Weiss treffen wollte? Was wäre gewesen, wenn er gestern Abend am Platzenberg dem Täter direkt in die Arme gelaufen wäre? Zeitlich dürfte der Mord allenfalls wenige Minuten vor seinem Auftauchen passiert sein.

Wahrscheinlich wird die Polizei dem vermeintlichen Mörder mithilfe des am Computer erstellten Montagefotos schnell auf die Spur kommen. Das beruhigt Nik ein bisschen, denn nun ist der Verdächtige nicht mehr Jäger, sondern Gejagter.

Er blickt auf die Uhr, sie zeigt kurz nach neun. Sein eigentlicher Plan sah vor, sich zunächst um „Arminius73" zu kümmern. Danach wollte er die andere Person kontaktieren, deren Name ihm die Buchhalterin im Kurhausgarten ins Ohr geflüstert hat. Angesichts der veränderten Lage will er sich auf den neuesten Stand bringen, bevor er weiter agiert. Wenn die Polizei den Täter gefasst haben sollte, wäre der Fall gelöst.

Nik beschließt deshalb, erst einmal Kommissarin Franziska Fröhling anzurufen. Er wählt die Nummer ihres Festnetzanschlusses in der Polizeistation an der Saalburgstraße.

„Guten Morgen, Herr Herzberg", hört er sie freundlich am anderen Ende der Leitung. „Wie war die kurze Nacht?"

„Ja, die Nacht ist hart gewesen", erzählt Nik. „Ich hatte wenig Schlaf und habe viel gegrübelt."

„Sie klingen auch ein bisschen müde", stellt sie mit teilnahmsvoller Stimme fest. „Wenigstens habe ich einen kleinen Muntermacher für Sie. Ich kann Sie ein bisschen beruhigen."

„Hört sich gut an …"

„Wir haben den Schläger identifiziert, der Sie überfallen hat."

„Konnten Sie ihn festnehmen?", fragt Nik. „Dann wäre mir deutlich wohler."

„Das wollten wir in aller Frühe und sind dafür zu seinem Haus gefahren", berichtet Franziska. „Doch der Typ hat uns ausgetrickst und konnte uns entwischen; mit seiner Gattin als Geisel. Sie kennen sie übrigens."

„Spannen Sie mich nicht so auf die Folter. Was hat das zu bedeuten?"

„Hübsch der Reihe nach“, bremst sie. „Der Mann heißt Jürgen Hübner und bei seiner Frau handelt es sich um die frühere Buchhalterin von Moritz Weiss. Sie haben sich gestern mit ihr im Kurhausgarten getroffen.“

Nik wirkt perplex und schweigt. Auch Franziska legt eine kleine Pause ein, um ihm dann die letzten Nachrichten zu übermitteln.

„Ich habe eine gute Neuigkeit, der Schläger kann Ihnen im Moment nicht mehr gefährlich werden.“

„Heißt das, Sie haben ihn …?“

„Ein bisschen kam uns der Zufall zu Hilfe. Auf der Flucht sind Herr Hübner und seine Frau in einen Autounfall verwickelt worden“, sagt Franziska. „Besser gesagt, er hat ihn verschuldet. Hübner hatte es verständlicherweise eilig und donnerte am Ortseingang von Nieder-Eschbach in ein parkendes Auto hinein. Es ging zum Glück glimpflich aus, nur die Fahrzeuge sind lädiert. So wurde ihre Fahrt jäh gestoppt und wir haben sie gefasst.“

„Und?“, will Nik aufgeregt wissen. „Hat er gestanden?“

„Nein. Er behauptet, gestern Abend mit einem Anruf an den Ort des Geschehens gelockt worden zu sein. Es sei eine Falle gewesen, um den Verdacht auf ihn zu lenken. Als er dort eingetroffen war, habe er nur den Toten und das brennende Papier angetroffen – und sich in Panik aus dem Staub gemacht. Er hätte Angst gehabt, dass niemand ihm glauben würde und er als Täter herhalten müsse.“

„Wissen Sie, warum er mich überfallen hat?“

„Es scheint ganz banal zu sein“, spricht die Polizeifrau über das Motiv des Angreifers. „Eifersucht. Er dachte, Sie hätten eine Beziehung mit seiner Frau. Eigentlich ist er ganz harmlos.“

„Klar, der will nur spielen. Glauben Sie ihm diese abenteuerlichen Geschichten?“, äußert Nik leichte Skepsis.

„Vorerst ja. Sehr vieles deutet darauf hin, dass er die Wahrheit sagt. Wir haben in unseren Akten recherchiert. Der Mann hat bereits einige andere vermeintliche Lover seiner Frau attackiert. Es gab mehrere Anzeigen und vor fünf Wochen einen Prozess, weil er einen Rivalen nach Strich und Faden verdroschen hat. Der Richter ließ ihn auf Bewährung laufen und riet ihm, dringend eine Therapie zu machen. Den Ratschlag hat er offenbar nicht angenommen, wie Sie gestern selbst am eigenen Leibe feststellen mussten.“

„Also bin ich Opfer eines durchgeknallten Ehemanns geworden, der mich als Liebhaber seiner Frau betrachtet hat …?“

„So sieht es derzeit aller Wahrscheinlichkeit nach aus“, gibt Franziska ihre Einschätzung wieder. „Übrigens will er sich in den nächsten Tagen bei Ihnen für den Angriff entschuldigen.“

„Nur mit Security“, witzelt Nik erleichtert, weil er nicht mehr in akuter Lebensgefahr zu sein scheint. „Konnten Sie anhand der Rufnummer herausfinden, wer ihn zu dem Toten gelockt hat?“

„Ja, halten Sie sich fest!", macht es Franziska spannend. „Jürgen Hübner hat uns die Nummer in seiner Anrufliste gezeigt."

„Nun sagen Sie schon, wer es ist?"

„Der Handyanschluss wurde auf den Namen Konstantin Kaiser registriert."

Nik durchfährt ein Schreck, er zuckt zusammen, sodass die lädierte Rippe schmerzt. Ein Toter als Anrufer: Das kann nur ein schlechter Thriller sein.

„Habe ich Sie geschockt?"

„Das können Sie wohl sagen!"

„Klar, das Ganze klingt unheimlich. Freilich haben wir dafür eine Erklärung", argumentiert Franziska. „Wir hatten uns gewundert, kein Smartphone bei Konstantin Kaisers Leiche gefunden zu haben, wo heutzutage jeder mobil unterwegs ist. Offenbar hat es der Mörder mitgenommen. Und wenn die Aussage von Jürgen Hübner stimmt, wissen wir, dass wahrscheinlich der gleiche Täter ein zweites Mal zugeschlagen hat."

„Aber warum wurde ausgerechnet Hübner in die Falle am Platzenberg gelockt?"

„In der Tat ist das für uns noch ein großes Rätsel. Das werden wir wahrscheinlich erst erfahren, wenn wir den oder die Schuldigen gefasst haben."

Nachdem sie aufgelegt hat, schnauft Nik durch. Er braucht ein paar Augenblicke, um sich zu sammeln. Für ihn scheint das gerade alles ein bisschen zu viel auf einmal zu sein. Was sich in den letzten Stunden zugetragen hat, reicht, um eine ganze Zeitungsausgabe zu füllen – mal sehen, was der Tag noch so bringen wird.

Nik beschließt, die beiden Spuren zu verfolgen, auf die er bei seinen gestrigen Nachforschungen gestoßen war. Da gibt es zum einen Maxim Haas, der als „Arminius73“ im Internet sein Unwesen treibt. Den anderen Namen hatte er beim Treffen mit Steffi Hübner erfahren; es handelt sich um einen Anlageberater, der sich vornehmlich auf Malta aufhält.

Das wäre natürlich ein Ding, wenn dieser Mann ein paar Neuigkeiten für ihn hätte. Noch besser wäre es, wenn Nik zu Recherchezwecken nach Valletta fliegen dürfte.

Er erreicht den Finanzberater Jerome Freitag gleich beim ersten Anrufversuch und kann sich mit ihm bestens auf Deutsch verständigen. Sein maltesischer Gesprächspartner hatte schon von den Todesfällen in Bad Homburg gehört und drückt seine Betroffenheit aus. Er kannte die Opfer, hatte mit ihnen geschäftlich zu tun. Ja, er könne was zu den Aktivitäten der beiden Ermordeten sagen, allerdings nicht am Telefon. Sie müssten sich dazu persönlich treffen, was auch kurzfristig möglich wäre. Der nächste Tag würde sich anbieten.

Für Nik kommt das überraschend. Er fragt sich, warum der Geschäftsmann so schnell in das Treffen einwilligt. Haben die Morde damit zu tun oder eher die Tatsache, dass er sich als Journalist der Hochtaunus-Post vorgestellt hat? Egal, für ihn sind das gleich mehrere gute

Nachrichten auf einmal. Er kommt mit seinen investigativen Recherchen voran und kann außerdem noch ein paar Stunden an einem touristischen Hotspot verbringen. Ganz zu schweigen davon, dass eine solche Recherche im Ausland sein Reporterherz höher schlagen lassen würde.

Während er so vor sich hin spinnt, fährt er fast mechanisch seinen Laptop hoch und klickt auf das Web-Browser-Symbol. Dann ruft er ein Reiseportal auf, tippt „FRA“ als Abflugort, „Malta“ als Ziel und das Flugdatum vom nächsten Tag ein. Als ihm diverse Flüge angezeigt werden, sucht er nach einer Verbindung, die ihn morgens hin- und am Abend wieder zurückbringt.

Natürlich muss Chefredakteur Jens-Jörg Sibelius noch zustimmen. Vor dem Hintergrund der Nachrichtenlage sollte das eine reine Formsache sein. Als weiteres Argument sollte der günstige Flug ziehen, den Nik im Internet ausgemacht hat. Für gut 290 Euro könnte er einen Tagesausflug ohne kostspielige Übernachtung machen. Wenn das kein Angebot ist …

Noch ist es nicht so weit. Heute hat er erst mal den ganzen Tag lang genug Zeit, damit er die Geschehnisse der letzten zwölf Stunden groß rausbringen kann. Des Weiteren will er sich dem geheimnisvollen „Arminius73“ zuwenden.

16.

Noch am späten Abend hatten Franziska Fröhling und Martin Breitner der Ehefrau des Ermordeten die Todesnachricht überbracht. Solche Besuche bei den engsten Angehörigen sind nicht einfach, oft kommt es zu dramatischen Szenen. Auch diesmal war es kein leichter Gang, denn Michaela Weiss reagierte äußerst bestürzt. Sie brach erst lautstark in Tränen aus und danach ganz zusammen. Der Notarzt musste kommen und sie mit einer Infusion stabilisieren. Im Anschluss verließen die Polizisten das Haus, damit sich Frau Weiss in aller Ruhe erholen konnte. Sie wollten sie erst befragen, sobald sie den Anfangsschock verdaut hat und es ihr bessergeht.

An diesem Morgen soll ein zweiter Versuch gestartet werden. Gegen halb elf, einige Stunden nach dem Einsatz bei den Hübners, erkundigt sich Franziska telefonisch nach dem Wohlbefinden von Michaela Weiss. Sie fühle sich den Umständen entsprechend einigermaßen gut, erhält die Kommissarin als Antwort. Einem neuerlichen Besuch stimmt die Witwe zu. Genauso wie ihr am Abend aus Kanada eintreffender Sohn möchte sie das Verbrechen an ihrem Mann aufgeklärt wissen. Die Schuldigen sollen zur Rechenschaft gezogen werden, lautet ihre Botschaft am Telefon.

Franziska regt an, das Gespräch von Frau zu Frau zu führen. Das könnte dem Dialog eine sensiblere Atmosphäre verleihen und so die Informationsgewinnung fördern, argumentiert sie. Jeder noch so kleine Hinweis kann sich als äußerst wichtig erweisen. Martin Breitner zeigt sich sofort einverstanden, ihm kommt der Vorschlag sehr gelegen. Er hat keine große Lust, den Witwentröster zu spielen. Einer Trauernden zuzuhören zählt bestimmt nicht zu seinen Stärken. Also begibt sich Franziska allein in die Obere Brendelstraße, wo sie zum dritten Mal seit dem gestrigen Abend hinfahren wird.

Michaela Weiss ist eine sehr attraktive Dame, mittelgroß, weder schlank noch kräftig, mit langen gelockten rotblonden Haaren. Obwohl sie der Tod ihres Mannes mitgenommen hat, wirkt sie jünger, als es ihr Alter von 49 Jahren vermuten lässt.

Die zwei Frauen sitzen in dem vornehm eingerichteten Wohnzimmer. Michaela Weiss hat Tee gekocht, den sie in kleine formschöne Tassen eingießt.

„Als wir gestern bei Ihnen aufgetaucht sind, wussten Sie nicht, wo sich Ihr Mann aufgehalten hat“, beginnt Franziska. „Ist Ihnen denn in den letzten Tagen was aufgefallen? Hat er sich irgendwie ungewöhnlich benommen?“

„Nein, mir fällt da nichts ein. Wir haben uns in den letzten Tagen kaum gesehen.“

„Hatte Ihr Mann viele Feinde?“

„Sagen wir so, er hatte bestimmt nicht nur Freunde“, antwortet Michaela Weiss geheimnisvoll.

„Wie muss ich mir das vorstellen?“

„Wie Sie sich denken können, wird im Baugewerbe mit harten Bandagen gekämpft. Da geht es mitunter um persönliche Existenzen. Auch mein Mann dürfte sich in dieser Haifischbranche nicht nur Freunde gemacht haben."

„Können Sie uns Namen nennen?"

„Ich habe mich aus den geschäftlichen Aktivitäten meines Mannes stets rausgehalten. Insofern kann ich nur begrenzt darüber Auskunft geben. Aber die Fälle, bei denen es dann so richtig gekracht hat, bekam ich am Rande mit."

„Es wäre für die weiteren Ermittlungen hilfreich, wenn Sie uns die entsprechenden Namen nennen könnten", betont Franziska. „Wie zu hören war, hat es zuletzt das eine oder andere Flop-Projekt gegeben. Das dürfte ja nicht ohne Narben abgegangen sein."

Michaela Weiss nickt.

„Ich werde Ihnen alle Personen aufschreiben, die mir in diesem Zusammenhang einfallen. Bei den von Ihnen angesprochenen Flops war jedoch meistens mein Mann der Geschädigte. Er musste häufiger seinem Geld hinterherlaufen."

Für einen Moment wird es still.

„Wahrscheinlich haben Sie davon gehört", nimmt Franziska den Faden wieder auf. „Es gab am Tag zuvor noch einen Mord. An der Saalburg wurde ein Mann tot aufgefunden, der in enger Beziehung zu Ihrem Mann stand."

„Konstantin Kaiser“, bestätigt Michaela Weiss. „Ich habe es gestern Nachmittag in den sozialen Netzwerken gelesen.“

„Was dachten Sie, als Sie vom Tod des Herrn Kaiser gehört haben? Das muss Ihnen doch nahegegangen sein. Er war lange Zeit ein Freund der Familie ...“

„Die Zeiten der dicken Freundschaft waren vorbei. Aber natürlich hat es mich geschockt, er war erst Mitte 50. Und wenn einer so frühzeitig und schlagartig eines unnatürlichen Todes stirbt, macht das sehr betroffen.“

„Es soll mit dem Verhältnis zwischen Ihrem Mann und Konstantin Kaiser nicht zum allerbesten gestanden haben. Erst vorgestern Abend etwa anderthalb Stunden vor dem Mord sind die beiden nach Aussage von Zeugen verbal aneinandergeraten.“

„Ja, die zwei haben sich entfremdet.“

„Kennen Sie den Grund für diesen Zoff?“

„Ich bin mir nicht so sicher. Ich glaube, es ging da um ein Projekt, bei dem sie sich über die Urheberschaft nicht ganz einig waren.“

„Können Sie ein bisschen konkreter werden?“, horcht Franziska neugierig auf.

„Konstantin Kaiser hatte im Rahmen eines gemeinsamen Bauvorhabens einen gestalterischen Entwurf gemacht“, erzählt Michaela Weiss. „Meinem Mann gefiel diese Konzeption nicht. Er hat daher das Projekt in Eigenregie weitergeführt, ohne Konstantin, weil der sich beleidigt zurückgezogen hatte.“

„Für den Entwurf schuldete Ihr Mann dem Herrn Kaiser sicher Geld. Waren es 55 000 Euro? Von diesem Betrag sprach Ihr Mann, als wir ihn gestern befragten."

„Über die Summe weiß ich nichts. Der Streit hatte wohl nur am Rande damit zu tun. Es ging ja um eine gemeinsame Projektentwicklung."

Franziska schaut ihre Gesprächspartnerin erwartungsvoll an. Zwar sind die Protagonisten nicht mehr am Leben. Trotzdem könnte Moritz Weiss der Mörder von Konstantin Kaiser gewesen sein, obgleich die Anrufe mit dessen Handy dagegensprechen. Dann würde es sich um zwei unterschiedliche Täter handeln. Das machte das Ganze noch komplizierter, dennoch glaubt sie, der Lösung des Rätsels ein Stück näher gekommen zu sein.

„Erzählen Sie bitte mehr, Frau Weiss."

„Eigentlich wäre die Sache damit zu Ende gewesen", fährt die Frau des Ermordeten fort. „Konstantin hatte zu meinem Mann gesagt, dass er seinen Kram alleine machen sollte."

„Um was für ein Projekt ging es?", will Franziska wissen.

„Es handelte sich um die Bebauung eines Grundstücks im Gewerbegebiet hinter dem Bahnhof."

„Da, wo sich auch das Büro Ihres Mannes befindet …"

„Genau, jedenfalls gar nicht allzu weit weg davon. Mein Mann hatte das Grundstück erworben, um zusammen mit Konstantin Kaiser darauf ein Bürogebäude zu errichten."

„So wurde aus dem Gemeinschaftsvorhaben zweier Freunde ein Einzelprojekt Ihres Mannes. Gab es nur Streit wegen des Entwurfs oder steckte mehr dahinter?"

„Anfangs nicht. Doch unerwartet hatte sich die Situation komplett verändert. Vor zwei Wochen tauchte dieser Leo von Burtenbach in der Öffentlichkeit auf. Sie wissen schon, das ist der Investor, der das Colosseum bauen will. Mein Mann hatte davon kurz vorher Wind bekommen. Das von ihm erworbene Grundstück grenzt direkt an die Flächen, die für das Großprojekt vorgesehen sind. Herr von Burtenbach war an dem kleinen Filetstück sehr interessiert, weil er damit seine Straßenfront erweitern konnte. Außerdem ließe sich die Anlieferungslogistik durch die zusätzliche Fläche verbessern. Und plötzlich wollte Konstantin wieder mitmachen, weil er hoffte, auch von dem Grundstücksdeal zu profitieren. Das hat mein Mann mit einem alten Kinderspruch gekontert: Weggegangen, Platz vergangen! Im Grunde hat er damit recht gehabt, ich würde sagen, selber schuld."

„Lassen Sie mich raten", folgert die Kommissarin. „Der Preis für das Grundstück schoss über Nacht kräftig in die Höhe und Ihr Mann hat die Chance gewittert, damit richtig Kasse zu machen. Das erklärt, warum Konstantin Kaiser sauer wurde, weil er draußen war, als der Rubel rollte. Eigentlich müsste er dann Ihren Mann umgebracht haben und nicht umgekehrt ..."

Kaum hat sie den letzten Satz ausgesprochen, reflektiert Franziska die Wirkung ihrer Worte. Da fehlte ein wenig das Feingefühl angesichts der Tatsache, dass Frau Weiss erst vor wenigen Stunden zur Witwe geworden war.

„Tut mir leid, das dürfte jetzt ein bisschen stillos von mir gewesen sein“, entschuldigt sie sich. „Dennoch muss ich Sie nach dem Alibi Ihres Mannes fragen. Stimmt es, dass er am Montagabend gegen 23:20 Uhr nach Hause gekommen ist?“

„Auf die Uhr geschaut habe ich nicht, aber in etwa dürfte der Zeitrahmen stimmen“, bestätigt die Witwe. „Wir haben uns kurz begrüßt und sind unserer Wege gegangen. Anschließend gab es an diesem Abend keine weitere Begegnung. Seit einigen Jahren schlafen wir getrennt.“

„Das heißt, Ihr Verhältnis zu Ihrem Ehemann war recht abgekühlt.“

„Wenn Sie auf unser Liebesleben anspielen, ja“, sagt Michaela Weiss. „Menschlich hat uns dagegen immer noch viel verbunden. Fast 30 Jahre Ehe, das lässt sich nicht einfach abstreifen. Leben und leben lassen, lautete unsere Devise.“

„Gut, ich möchte Sie nicht mehr weiter belasten“, sagt die Polizistin. „Bitte melden Sie sich, wenn Ihnen noch irgendwelche außergewöhnlichen Details einfallen. Manchmal führt selbst der kleinste Hinweis zum Ziel. Und es wäre für unsere Ermittlungen hilfreich, wenn Sie mir die Liste mit den Streitfällen und Streithähnen kurzfristig mailen könnten.“

Franziska verabschiedet sich und verlässt das Haus. Sie geht zu ihrem Mini, den sie in Höhe des Eingangs geparkt hat. Sie setzt sich in den Wagen und überlegt. Es bestand zumindest theoretisch die Möglichkeit, dass Moritz Weiss nochmals das Haus verlassen hat. Er hätte zur Saalburg zurückfahren können, um Konstantin Kaiser endgültig den Garaus zu machen. Unter Umständen war sein Kontrahent nur bewusstlos zusammengeklappt und wurde erst im zweiten Akt mit dem Schwert umgebracht. In jedem Fall müssten sie die Nachbarn erneut befragen. Haben sie an dem Abend beobachtet, dass Weiss nach halb zwölf sein Auto wieder benutzt hat? Und welche Rolle spielt das Grundstück? Wollte Konstantin Kaiser tatsächlich mehr Geld angesichts der immensen Wertsteigerung oder ging es um ganz andere Dinge? Um ein bisschen mehr Licht ins Dunkel zu bringen, wäre eine Grundbuchrecherche hilfreich. Die Polizistin will sofort beim Amtsgericht vorbeifahren und die genauen Besitzverhältnisse des besagten Grundstücks überprüfen. Sie interessiert sich ebenso für die Vorgeschichte rund um den Kauf.

Und: Immer wieder taucht der Name Leo von Burtenbach auf. Franziska beschleicht das untrügerische Gefühl, dass die Aufklärung der Morde in irgendeiner Form über ihn führen könnte.

17.

Die beiden Freunde haben es offensichtlich zu weit getrieben. Jetzt schlägt das Imperium zurück. Eines Abends wollen die zwei Halbstarken feuchtfröhlich auf der als Parkplatz genutzten Brachfläche am Marienbader Platz zum Auto gehen. Gerade sind sie dabei, einzusteigen. Obwohl sie kräftig gebechert haben, fühlt sich einer von ihnen noch in der Lage, sich ans Steuer zu setzen.

Allerdings ist ihre Wahrnehmung recht getrübt. So haben die versteckt wartenden maskierten Männer ein leichtes Spiel. Sie machen sich von hinten an die beiden Jungen heran und bringen sie mit einem Betäubungsmittel außer Gefecht. Danach geht alles ganz schnell. Die Angreifer ziehen ihre regungslosen Opfer zu ihrem großen Auto, fesseln und knebeln sie und verbinden ihre Augen. Sie laden die Gefangenen in das Fahrzeug und brausen davon.

Die Fahrt führt ins Ungewisse. Inzwischen sind die zwei wieder zu sich gekommen. Auch der Alkohol in ihrem Körper scheint wie verflogen, die bittere Realität hat sie eingeholt. Wegen der Augenbinde haben sie keinerlei Orientierung. Nur eines nehmen sie wahr, es geht zunächst über die Autobahn, dann durch einen Ort und über Landstraßen. Nach einer geschätzten halben Stunde scheint die Irrfahrt vorbei zu sein, der Wagen hält. Sie werden aus dem Fahrzeug gezerrt und müssen zu Fuß weitermarschieren. Es fühlt sich kalt an, ihre Jacken wurden ihnen genommen. Nur noch mit einem Hemd bekleidet fangen sie an zu frieren. Ihre Entführer gehen nicht allzu zimperlich mit ihnen um, sie werden geschubst und geboxt. Dann halten sie plötzlich an.

Beide müssen niederknien, jedem von ihnen wird der Lauf einer Pistole an die Stirn gehalten. Sie spüren, wie der Angstschweiß ihre Körper verlässt. Gleich kann ihr letztes Stündchen geschlagen haben. Die Mündungen der Waffen drücken noch fester an ihre Haut, gleich kommt es zur ultimativen Entscheidung. Während das Ende naht, steht die Zeit beinahe still. Sekunden werden so zu quälenden Minuten. Fast ist es ihnen egal, was passiert, Hauptsache, es geschieht überhaupt etwas. Auf einmal macht es ‚klick', fast zeitgleich hören sie den mechanischen Ton. Sie sind für den Moment noch einmal davongekommen, aber innerlich gestorben. Doch die Odyssee geht weiter. Sie werden hochgerissen und nach vorn geschubst. Das ist der unausgesprochene Befehl zum Weitergehen. Nach gefühlten zweihundert Metern geht es leicht abwärts, sie werden in etwas hineingestoßen, dem Schwanken nach ist es ein Boot. Ihre Peiniger sind offenbar in ein zweites Wasserfahrzeug gestiegen. Sie hören, wie der Motor angeworfen wird. Kurze Zeit später spüren sie, wie sie ablegen, gezogen vom Boot der Entführer.

Es dauert nicht lange, dann stoppt der Schleppvorgang. Es plumpst und es spritzt. Ein paar Handgriffe sind zu hören, so als ob ein Seil gekappt wird. Das andere Boot fährt weg und das Motorengeräusch wird nach und nach leiser. Die zwei jungen Männer wurden ausgesetzt, sie treiben auf einem Gewässer und sind aufgrund ihrer Fesseln manövrierunfähig. Das kann in der Dunkelheit gefährlich werden und böse enden. Was ist, wenn ihnen ein fremdes Wasserfahrzeug oder gar ein Schiff entgegen-

kommt? Tagsüber würden sie gesehen werden, aber nachts? Diese Aussichtslosigkeit ihres Daseins, das Wissen, nichts tun zu können, treibt sie fast in den Wahnsinn. Sie sind dem See oder Fluss ausgeliefert, haben keine Möglichkeit, um ihr Schicksal gnädig zu stimmen.

So vergehen Stunden, die sie in Todesangst auf ihrem Seelenverkäufer verbringen. Die Novembernacht ist eisig kalt und ohne warme Kleidung beginnen ihre Körper zu zittern. Der Knebel raubt ihnen die Luft im Rachen, der Brechreiz verfolgt sie als ständiger Begleiter – langsam wird die Situation unerträglich. Sie sind zu armseligen Kreaturen geworden, ohne jegliche Hoffnung. Sonst haben sie mitunter eine riesengroße Klappe, augenblicklich würden sie um Gnade wimmern, wenn sie denn nur könnten.

Es muss schon früher Morgen sein, als die beiden ein lautes Bellen und Jaulen wahrnehmen. Simultan kommt ihnen ein Wolf in den Sinn, der sie als leichte Beute zum Frühstück zerfleischen möchte. Oder retten könnte: In ihrer Not denken sie an die Sage von der Gründung Roms. Die vielfach überlieferte Geschichte von Romulus und Remus fällt ihnen ein. Sie haben sie als Kinder nachgespielt. Eine Wölfin fand die am Ufer des Tibers ausgesetzten Babys und säugte sie. Später nahm sie ein Hirte mit nach Hause und zog sie auf.

Ihnen ergeht es ähnlich wie Romulus und Remus in der Sage. Es ist ein Schäferhund, der seinen Besitzer auf die in Ufernähe dahintreibenden, fast erfrorenen Gestalten aufmerksam macht. Dem Tier verdanken sie ihr Leben, denn sie werden entdeckt und kraftlos und unterkühlt an Land gezogen. Als ihre

Augen frei sind und sie langsam wieder sehen können, erscheint ihnen im Morgengrauen die Landschaft. Es muss ein etwas größeres Gewässer sein, auf dem sie bewegungslos und voller entsetzlicher Angst dahingeschippert sind. Das Boot war zudem mit einem Stein als treibendem Anker beschwert worden. So kam es nur langsam voran und es dauerte, bis sie das Ufer erreicht hatten.

Die Nacht auf dem Waldsee bei Langen wird für sie ein einschneidendes, bleibendes Erlebnis sein, das sie von da an stark prägt. Ihre Angstgefühle werden sie noch viele Jahre verfolgen und ihr Leben beeinflussen. Hin und wieder denken sie an Rache, doch gleichzeitig sind sie mächtig eingeschüchtert. Sie wissen nun, dass es besser ist, wenn sie diese Leute in Ruhe lassen.

18.

Nik ist mit seinem Stadtflitzer in Richtung Wehrheim unterwegs. Er hat die B456 kurz nach Überwindung des Saalburgpasses verlassen und bewegt sich direkt auf den Ort zu. Bei seinem Ausflug möchte er den ominösen „Arminius73" alias Maxim Haas besuchen. Deshalb hat er sich mit ihm in dessen Haus verabredet. Dass es quasi von einem Augenblick auf den anderen zu einem spontanen Treffen kommt, hängt mit Niks Strategie zusammen. Am Telefon hat er nichts von den Morden erwähnt, sondern nur vom Bau des Colosseum gesprochen. Da war

Projektgegner und Internetschreiber Maxim Haas sofort Feuer und Flamme. Nur allzu gerne würde er zu diesem Thema noch mehr Dampf ablassen.

„Willkommen im Apfeldorf Wehrheim“, wird Nik begrüßt, als er den Ortseingang erreicht. Sekunden danach passiert er den auf der linken Seite gelegenen Bahnhof. Mit sich und der Welt zufrieden steuert er fast überschwänglich das Gefährt. Für seine gute Laune gibt es einen handfesten Grund. Wenige Minuten zuvor hatte ihn Nathalie Berger, die Sekretärin des Chefredakteurs, angerufen. Sie teilte ihm mit, dass ihr Boss die Dienstreise nach Malta genehmigt habe. Am liebsten würde sie mitfahren, kokettierte sie mit einem gespielten Bedauern. Aber einen Trip zu zweit gäbe die Reisekasse der Hochtaunus-Post leider nicht her.

Nik hätte nichts gegen eine gemeinsame Reise mit der jungen Kollegin einzuwenden gehabt. Trotzdem wird er den investigativen Abstecher auf die Mittelmeerinsel auch allein genießen können. Dass allzu neugierige Journalisten auf Malta mitunter sehr gefährlich leben, ficht ihn nicht an.

Vor lauter Reisefieber scheint er fast vergessen zu haben, warum er nach Wehrheim gefahren ist. Die Parkplatzsuche holt ihn in die Realität des Alltags zurück. Er biegt von der Hauptstraße in die Dorfborngasse ein und findet prompt eine Lücke. Nachdem er sein Auto abgestellt hat, schlendert er durch die Gasse „Zum Stadttor“. Es geht vorbei an schön restaurierten Fachwerkhäusern, manche Mauern sind mit Efeu berankt. Einige Gebäude verfügen über romantische Höfe. Nach zwei Minuten hat er sein Ziel erreicht. Das Haus von Maxim Haas ist ebenfalls ein historischer Bau, der nach einer Wiederherstellung seines Ursprungszustandes schreit. Das Fachwerk dürfte hinter dem Putz versteckt sein, der auch mal wieder einen Anstrich gebrauchen könnte. Ein Eimer Farbe könnte Wunder bewirken, lautet der erste Gedanke von Nik. Vermutlich hat der gute Mensch durch seine umtriebigen Internetaktivitäten keine Zeit, das Haus auf Vordermann zu bringen.

Die Schrift über dem Eingang fällt sofort ins Auge: „domus nostrae“ entziffert Nik. Das muss so viel heißen wie „unser Haus“. Der Journalist versucht an seinen vier Jahre währenden Lateinunterricht anzuknüpfen, von dem kaum etwas hängen geblieben ist. Aus den Worten lässt sich schließen, dass Haas nicht allein lebt. Außerdem scheint er sein Internet-Pseudonym „Arminius73“ nicht aus Spaß zu verwenden. Der Mann muss eng mit der römischen Geschichte verbandelt sein.

Drinnen bestätigen sich Niks Annahmen. Er wird von Frau Haas in Empfang genommen, einer kleinen, rundlichen, sympathisch wirkenden Person. Sie geht voran und beide marschieren in der kleinen Diele an einer weißen Cäsar-Büste vorbei. ‚Käsar‘, erinnert sich Nik an die strafenden Worte in der Lateinstunde. ‚Nicht Zäsar.‘

Im Wohnzimmer wartet schon der Ehemann, der offenbar gerade ein Telefonat beendet hat und den Hörer auflegt: Maximus Haas, wie er sich vorstellt, schaut freundlich drein. Angesichts seiner oft bissigen und wütenden Posts hatte Nik eine grimmige, verbitterte Person erwartet, das Gegenteil ist der Fall. Der vermeintliche Wutbürger wirkt älter, als es sein Geburtsjahrgang 1973 vermuten lässt, den Nik aus der künstlichen Wortschöpfung „Arminius73" abgeleitet hat. Auch ist Maximus nicht gerade von übermäßig großer Gestalt und leicht untersetzt. Da waren seine Eltern bei der Namenswahl zu optimistisch gewesen. Schon etwas ergraut, hat er auf dem Kopf nur noch wenige Haare. Das kompensiert er, indem er die Pracht an den Seiten fast bis auf die Schultern trägt – Typ Studienrat für Deutsch, Latein oder Geschichte. Für diese These spricht außerdem seine Kleidung: eine beige Cordhose, ein kariertes Hemd und eine blaue Strickjacke. Die vermutete Lehrertätigkeit würde seinen Tatendrang als eifriger Forumsschreiber erklären. Nik weiß aus seiner täglichen Redaktionsarbeit, dass sich Lehrer übermäßig oft mit Leserbriefen oder Internet-Kommentaren an die Zeitung wenden.

„Freut mich, Sie kennenzulernen", sagt Haas und deutet auf die Polsterecke, die aus einem skandinavischen Möbelhaus stammt.

Der Journalist nickt und setzt sich.

„Dürfen wir Ihnen was zu trinken anbieten?", fragt sein Gegenüber. „Einen Kaffee oder ein anderes Getränk?"

„Ja, gerne einen Kaffee."

Die Antwort geht Nik ein wenig schwerfällig über die Lippen. Wer auf preisgünstigen Möbeln sitzt, kocht wahrscheinlich dünnen Kaffee. Aber womöglich hat sein Gegenüber noch aus seiner Asta-Zeit an der Uni ein Faible für kubanische Bohnen. Das würde zumindest zu seiner Alt-Hippie-Frisur passen.

Haas marschiert kurz nach draußen, um den Kaffee aufzusetzen.

„Habe ich Sie mit meinen Beiträgen in Ihrem Online-Forum neugierig gemacht?", will er wissen, als er wieder aus der Küche zurückkommt.

„Ja, das Thema Colosseum befindet sich seit gut 14 Tagen in aller Munde", pflichtet Nik ihm bei. „Und mit Ihren Kommentaren als Arminius73 sind Sie einer der auffälligsten Schreiber."

„Das stimmt, die Sache lässt mir keine Ruhe."

„Warum?"

„Wissen Sie, als Historiker und früherer Lehrer für Latein halte ich es mehr mit der reinen Lehre. Solch ein künstliches Römer-Spektakel trägt eher zur Volksverdummung bei."

Veni, vidi, vici! Nik grinst, er hat mit seiner Einschätzung richtig gelegen. Aber wieso ehemaliger Lehrer? Maxim Haas befindet sich im besten Berufsalter.

„Was hat Sie bewogen, den Job als Lateinlehrer an den Nagel zu hängen?"

„Nun ja, nicht jeder wird dafür geboren", seufzt Haas. „Jeden Tag aufs Neue vor der Klasse zu stehen, das ist physisch und psychisch anstrengend. Ich hätte es wissen müssen, als Heranwachsender habe ich auch viel Unsinn getrieben und ich war bestimmt nicht einfach. Die Schüler sind jedoch lediglich ein Teil der Veranstaltung. Dazu kommen noch diese Heli-Eltern, die ihre Sprösslinge morgens mit der großen Geländekutsche ins Klassenzimmer fahren. Furchtbar: Sobald ein Lehrer den Kindern eine Sache nur fünf Minuten erklärt, beschweren die sich, weil dann angeblich Frontalunterricht stattfindet."

„Hört sich an, als ob Sie in dem Beruf nicht wirklich aufgegangen sind …"

„Bin eher unglücklich gewesen. Ich hatte auch mal meine Vorstellungen, wollte es besser machen als die Lehrer in meiner Kindheit. Doch die mit großen Idealen, die verbrennen schnell: Burn-out, Frühpensionierung. Jetzt sitze ich eben daheim und beschäftige mich den ganzen Tag mit römischer Geschichte. Also mit den richtigen Römern, nicht mit dem, was dieser Herr von Burtenbach vorhat."

„Waren Sie bei der Veranstaltung in der Saalburg-Taberna dabei, als er das Projekt vorgestellt hat? Ich habe Sie gar nicht gesehen."

„Sie meinen, ob ich mich informiert habe, was der Feind plant? Nein, kein Interesse. Ich kenne Herrn von Burtenbach nicht, möchte weder mit ihm noch mit seinem Projekt zu tun haben."

Während Haas seine Abneigung gegen das Colosseum bekundet, bringt seine Frau den Kaffee. Nachdem sie den

Raum wieder verlassen hat, stellt ihr Mann die obligatorische Frage nach Milch und Zucker. Nik verneint.

„Beim Kaffee halte ich es wie Sie bei den Römern mit der reinen Lehre“, schmunzelt er und nimmt den ersten Schluck zu sich – es sind wahrscheinlich keine kubanischen Bohnen, aber der Aufguss schmeckt.

„Na ja, das mit dem Feind habe ich eher sinnbildlich gemeint“, erklärt Haas mit einem Lächeln im Gesicht. „Ich vertrete da lediglich eine andere Ansicht als Herr von Burtenbach. Und diese Meinung bringe ich zum Ausdruck. Manchmal durchaus ein wenig zu drastisch, wie Sie bestimmt anhand meiner Leserbriefe gemerkt haben. Dann rüffelt mich meine Frau, sagt zu mir, mein Kommentar wäre suboptimal gewesen.“

„Wäre es denn so schlimm, wenn die römische Geschichte im Colosseum ein Stück populärer dargestellt wird?“, wirft Nik ein. „Schließlich weckt das auch das Interesse der Massen und einige von denen beschäftigen sich hinterher dadurch umso intensiver damit.“

„Mag sein, trotzdem werden das allerhöchstens Einzelfälle sein. Unter dem Strich trägt so ein populärer Ansatz dazu bei, dass die Gesellschaft weiter verblödet.“

„Wirklich?“

„Sie wissen vielleicht, was der Dichter Terentius sagte: Duo cum faciunt idem, non est idem! Wenn zwei das Gleiche tun, ist es noch lange nicht dasselbe. Das gilt sicherlich auch für unser gemeinsames Interesse an der römischen Geschichte.“

„Die Welt scheint voller Meinungsverschiedenheiten zu sein. Mitunter wird der Zwist sogar mit Gewalt ausgetragen. Als eifriger Leser unseres Blattes haben Sie bestimmt von den beiden Morden gehört, die sich in dieser Woche in Bad Homburg zugetragen haben", lenkt Nik das Gespräch auf den eigentlichen Anlass seines Besuches. „Es sieht so aus, dass es da eine enge Verbindung zum Colosseum gibt. Beide Opfer waren in der Baubranche tätig und haben sich Aufträge von diesem Römerprojekt erhofft. Und so wie sie gefunden worden sind, muss es da einen direkten Zusammenhang geben. Zumindest hat der Täter versucht, diesen Eindruck zu erwecken."

„Das legt den Schluss nahe, dass es noch andere zu geben scheint, die sich über diese Sache ärgern", interpretiert Haas. „Ich glaube jedoch, die Römergeschichte spielt bei den Morden nur oberflächlich eine Rolle. Leute wie ich zum Beispiel schreiben Leserbriefe und machen Stimmung in Internetforen. Wegen des Colosseums würden wir auf die Straße gehen, aber garantiert niemanden umbringen. Nicht einmal den Herrn von Burtenbach."

„Kannten Sie die Ermordeten?", fragt Nik.

„Nur recht oberflächlich. Den einen fand ich grenzwertig. Er hat sich bei jeder Gelegenheit selbst inszeniert und stand häufig in der Zeitung. Der andere war eher ein unbeschriebenes Blatt."

Während beide miteinander sprechen, wägt Nik ab, ob dieser harmlose Lateinlehrer wirklich ein Mörder sein könnte. Ausschließen kann er es nicht. Im Film entpuppen sich oft diejenigen als Täter, von denen es nicht erwartet wird. Und Haas kennt sich sicherlich mit alten Waffen aus. Eventuell besitzt er römische Schwerter, von denen eines im Körper von Konstantin Kaiser steckte. Allerdings war das Opfer zunächst erwürgt worden. Diese Kraftanstrengungen traut Nik dem kleinen Mann mit dem imposanten Vornamen Maximus nicht zu – jedenfalls nicht, wenn sich der andere ernsthaft gewehrt hätte. Wäre der Mord von dem Lateinlehrer durchgeführt worden, dürfte er gleich das Schwert benutzt haben.

Nik teilt Maxim Haas mit, dass er anhand von dessen Aussagen zum Colosseum gerne einen Artikel schreiben würde. Sollte es in einigen Tagen so weit sein, wolle er sich noch einmal melden. Im Moment hätten die Morde bei der Berichterstattung aus Aktualitätsgründen absoluten Vorrang. Der Lehrer im Ruhestand zeigt dafür großes Verständnis und nach einigen Minuten verabschiedet er Nik freundschaftlich.

„Gerne stehe ich dafür parat", bekräftigt Haas. „Zeit habe ich genug, wie Sie wissen. Und seit die Kinder wegen des Studiums aus dem Haus sind, sogar noch viel mehr."

Im Türrahmen stehend winkt er dem Journalisten fröhlich nach.

Auf dem Weg zum Auto bestärkt sich Niks Gefühl, dass sein Gesprächspartner nicht für die Taten infrage kommt. Der Mann lebt irgendwo in seiner eigenen Geschichtswelt, die fast ausschließlich von der Römerzeit geprägt zu sein scheint. Wahrscheinlich hat ihn das auch als Lehrer zum Scheitern gebracht, weil ihn seine Schüler als Sonderling wahrgenommen haben. Er war bestimmt total nett vor der Klasse, schaffte es aber wahrscheinlich nicht, sich durchzusetzen – nett ist die kleine Schwester von Sch… Andererseits: Das könnte auf Frustration hindeuten und solche Leute lassen die empfundenen Demütigungen eines Tages nicht mehr auf sich sitzen. Plötzlich explodieren sie, manch braver Mann mutiert von einem Augenblick auf den nächsten zum Tier. Nik will noch mal in der Vergangenheit von „Arminius73“ kramen. Wie kam es zu dessen Burn-out und gab es dunkle Punkte in seinem früheren Leben? Gleich wird er danach recherchieren und zudem die Kommissarin von der Bad Homburger Kripo um Hilfe bei der Nachforschung bitten.

19.

Im Anschluss an den Besuch bei Frau Weiss begibt sich Franziska Fröhling direkt ins Amtsgericht unweit des Seedammbades. Sie lässt sich den entsprechenden Grundbucheintrag zeigen und spricht mit einer Mitarbeiterin vor Ort. Klar ist, dass Moritz Weiss der Eigentümer des betreffenden Gewerbegrundstücks war, das er von einem alteingesessenen Homburger Bürger erworben hat. Er ließ den Grundbucheintrag in seinem Namen vornehmen, weitere Besitzer wurden nicht vermerkt. Von einem Konstantin Kaiser haben die Bediensteten des Grundbuchamtes in dieser Angelegenheit nichts gehört. Somit beruht der geplante Deal zwischen den beiden Ermordeten nur auf Absprachen. Wahrscheinlich sind sie mündlich getroffen worden, denn weder bei Weiss noch bei Kaiser haben die Ermittler entsprechende schriftliche Aufzeichnungen gefunden.

Gegen ein Uhr mittags stärkt sich Franziska an der Tankstelle mit einem großen Käse-Ei-Baguette. Wieder zurück am Polizeischreibtisch versucht sie am Nachmittag, mehr über Leo von Burtenbach herauszufinden; denn die Morde sind erst passiert, als der Geschäftsmann wieder in Bad Homburg aufgetaucht ist. Darüber hinaus hatte er mit beiden Opfern zu tun. Ein Zusammenhang liegt also auf der Hand, obwohl er persönlich als Täter ausgeschlossen werden kann. Bis kurz vor Mitternacht hat er sich auf seiner Veranstaltung innerhalb der Saalburg-Mauern aufgehalten und Zwiegespräche mit Gästen geführt. Das haben mehrere Personen zweifelsfrei bestätigt. Im Anschluss ist er von einem Fahrer abgeholt und nach Bad Homburg gebracht worden. Natürlich könnte er auch der Anstifter gewesen sein. So ein Mann von Welt wird sich kaum selbst die Finger schmutzig machen. Für solche Drecksarbeiten hat er seine Leute.

Franziska durchkämmt das Melderegister, wird aber nicht fündig, da der Unternehmer nicht in Deutschland gemeldet ist. Seltsamerweise taucht der Name auch nicht in der Vergangenheit auf, obgleich er nach eigener Aussage in Bad Homburg aufwuchs. Das deckt sich mit der Internetrecherche von Nik Herzberg. Er hatte der Kommissarin von seinen Ergebnissen berichtet, bei denen nichts über Burtenbachs frühere Vergangenheit im Taunus ans Licht kam. Franziska schließt daraus, dass entweder dessen Legende falsch sein muss oder er sich eine neue Identität zugelegt hat. Sie könnte um Amtshilfe an seinem Wohnsitz in Florida bitten, um zu erfahren, was es mit ihm auf sich hat. Das kann ziemlich dauern und würde die Ermittlungen kurzfristig nicht weiterbringen. Aus diesem Grund will sie ihn persönlich befragen. Da trifft es sich gut, dass er sich immer noch auf der Messe aufhalten dürfte – und sie von Nik die Mobilnummer des adligen Investors bekommen hat.

Sie wählt Leo von Burtenbach an und hat Glück, ihn sofort zu erreichen. Er erweist sich am Telefon als äußerst charmant und auskunftsbereit. Auf Franziskas Nachfrage erklärt er, dass er den jetzigen Namen erst bei der Heirat mit seiner Frau angenommen habe. Seine Gattin hätte er in den Staaten kennengelernt; sie sei das Kind deutscher Auswanderer, die sich in Amerika niedergelassen hatten: Ihre Hochzeit wäre mit großem Pomp in Las Vegas vonstattengegangen, wie er hinzufügt. Seine Ehe, bemerkt von Burtenbach, wurde vor ungefähr zehn Jahren geschlossen. Weitere zehn Jahre zuvor hätte er Bad Homburg in Richtung Amerika verlassen. Er wollte es nicht an die große Glocke hängen, dass er erst durch seine Vermählung geadelt wurde. Es hätte auch niemanden wirklich interessiert und keiner habe ihn je danach gefragt.

„Schauen Sie“, argumentiert er. „Wenn Sie in der Geschäftswelt ganz Bedeutendes erreichen wollen, spielt auch der Name eine wichtige Rolle. Vor der Eheschließung hieß ich Leonard Remus, na ja, Sie wissen schon, was dann kommt: Romulus und Remus, irgendwie putzig, mehr nicht. Aus meinem früheren Nachnamen erklärt sich meine Leidenschaft für die Römer. Wahrscheinlich wäre ich sonst nie auf ein so verrücktes Projekt wie das Colosseum gekommen. Aber Leo von Burtenbach stellt im Big Business eine ganz andere Nummer dar. Das klingt nach Adel und großer, weiter Welt. Es lag einfach nahe, dass ich mich für diese Variante entschieden habe.“

Zum Abschluss des Telefonates fragt Franziska, wo sich von Burtenbach am Dienstag zwischen 21:30 Uhr und 22 Uhr aufgehalten habe – zum Zeitpunkt, als Moritz Weiss am Bommersheimer Weg das Zeitliche segnete. Er erklärt, auf dem offiziellen Ausstellerabend der Messe gewesen zu sein, zusammen mit mehreren Hundert anderen Teilnehmern.

Als das Gespräch beendet ist, überlegt Franziska die nächsten Schritte. Sie wird nun alte Ereignisse durchforsten, die zur Anzeige gebracht wurden, um festzustellen, ob da irgendwo der Name Remus auftaucht. Hat Leo von Burtenbach mit dem Namenswechsel unangenehme Dinge von früher getilgt? Falls sie nichts findet, will sie sich an seiner Schule umhören. Eventuell ist dort mehr über ihn bekannt. Denn irgendwie wirkt es seltsam, dass jemand nach Bad Homburg zurückkehrt, den hier anscheinend kaum einer von früher her kennt. Vorher will sie noch in alten Akten stöbern, die sie sich im Archiv besorgt hat. Sie nimmt sich solche Fälle vor, die sich vor mehr als 20 Jahren zugetragen haben – aus der Zeit, bevor Leonard Remus die Stadt verlassen hat, um zwei Dekaden später als adeliger Investor wieder aufzutauchen. Der Graf von Monte Christo lässt grüßen.

In den Polizeiaufzeichnungen mit den Fällen aus dem Hochtaunuskreis findet sie nichts. Das wäre auch zu schön gewesen, wenn gleich der erste Ermittlungsschritt einen Treffer gebracht hätte. Mehr Glück hat sie möglicherweise bei der Suche nach seiner schulischen Vergangenheit. Leo von Burtenbach hatte ihr erklärt, er habe die Humboldtschule besucht – wie praktisch, meine alte Schule, dachte sich Franziska Fröhling im Verlauf des Gesprächs. Ihr fällt wieder ein, dass ihr Nachname angesichts der nahen Frölingstraße von allen ständig falsch geschrieben wurde. Damals hatte sie sich immer darüber geärgert, heute lächelt sie über diese Kleinigkeit.

Von Burtenbach hat 15 Jahre vor ihr Abitur gemacht, konnte sie in dem Telefonat erfahren. Um mehr herauszukriegen, registriert sie sich auf einer Internet-Plattform, wo Freunde gefunden werden können und alte Klassenfotos zu sehen sind. Damit sie die Gruppenbilder aufrufen kann, braucht sie eine „Premium-Mitgliedschaft", die lediglich ein paar Euro kostet. Um bei der Recherche an neue Erkenntnisse zu gelangen, meldet sich Franziska für diesen exklusiven Bereich an.

Nach ein paar Minuten gelangt sie zu den betreffenden Jahrgängen. Sie findet nur wenige Einzelportraits, darum nimmt sie sich die Klassenfotos vor. Mit mehreren Jahrzehnten Distanz gestaltet es sich schwierig, frühere Schüler wiederzuerkennen. Franziska hat einen Artikel aus der Hochtaunus-Post ausgeschnitten, auf dem Leo von Burtenbach abgebildet ist. Er soll von großer Statur sein, weiß sie vom Hörensagen. Also dürfte er auf dem Abiturfoto seine Mitschüler überragt haben, zumindest, wenn die anderen nicht auf Podesten gestanden haben. Nach kurzer Zeit sieht Franziska die Aussichtslosigkeit des Unterfangens ein, es kommt Kaffeesatzleserei gleich. Deshalb wendet sie sich wieder den Einzelfotos zu. Sie schreibt sich Namen auf, die im gleichen Jahrgang wie von Burtenbach – oder damals Remus – gewesen sind. Von einigen kann sie die Telefonnummer ermitteln.

Anschließend ruft sie die ehemaligen Mitschüler an. Die meisten erinnern sich nur recht oberflächlich an Leonard Remus. Ein Außenseiter sei er gewesen, so der Tenor, recht arrogant und mit nur wenigen Freunden. Eine Klassenkameradin kann sich an einen Kumpel erinnern, mit dem er dauernd zusammengehockt hat. Dessen Namen fällt ihr gerade nicht ein. Dieser Freund wäre genau das Gegenteil von Leonard Remus gewesen, klein, unscheinbar und freundlich. Im Grunde hätten die zwei gar nicht zusammengepasst: Romulus und Remus wurden sie genannt. Nach der Schule verliert sich die Spur, sie wisse nicht, was aus ihnen geworden sei. Zum Glück besitzt sie noch ein altes Klassenfoto. Franziska bittet die Mitschülerin, die Aufnahme hervorzukramen, einzuscannen und mit entsprechender Markierung zu mailen. Eine Stunde später sieht sie das Bild auf ihrem Rechner und die Spezis sind eingekringelt.

„Okay“, murmelt sie vor sich hin. „Remus ist uns bekannt. Jetzt müssen wir herauskriegen, wer Romulus ist.“

Die Polizistin hegt eine Vermutung. Unterwegs im Auto war sie von Nik Herzberg angerufen worden. Er hatte ihr von der Begegnung mit Maxim Haas in Wehrheim erzählt. Der Lateinlehrer wurde von Nik als klein beschrieben und er besitzt ebenfalls eine große Vorliebe für römische Geschichte. Angeblich würde er Leo von Burtenbach nicht kennen, hatte er dem Journalisten mit auf den Weg gegeben. Es könnte sogar sein, dass er die Wahrheit sagt, überlegt Franziska: Er kennt ihn, doch nur unter dem Namen Leonard Remus. Und von Burtenbachs Bilder in der Zeitung weisen kaum Ähnlichkeiten mit dem alten Klassenfoto auf. Er hat sich in den vergangenen zweieinhalb Jahrzehnten optisch stark verändert und würde sogar von alten Freunden nicht auf Anhieb erkannt werden. Nichtsdestotrotz müsste Lateinlehrer Haas beim Namen „Leo“ aufmerksam geworden sein und beim Zeitunglesen erahnt haben, um wen es sich handelt.

Franziska leitet das Klassenfoto per Mail an Nik weiter. Sie fragt ihn, ob es sich bei dem kleinen Mitschüler um Maxim Haas handeln könnte. Er mailt ihr zurück, dass er nur eine äußerst vage Ähnlichkeit feststellen könne. Völlig ausschließen wolle er es jedoch auch nicht, fügt er abschießend hinzu.

An dieser Stelle kommt die Kommissarin kurzfristig nicht weiter, aber das wird sich klären lassen. Also macht sie sich Gedanken, welche Rolle die früheren Kumpane im aktuellen Fall einnehmen. Wo gibt es eine Verbindung von Romulus und Remus zu den Ermordeten, mal abgesehen vom Bau des Colosseum?

Sie will sich die alte Sage von der Gründung Roms einmal gründlich vornehmen. Das klingt zwar ziemlich abstrus, manchmal erweisen sich freilich die ungewöhnlichsten Fährten als hilfreich.

Tag vier: Donnerstag

20.

Der morgendliche, zweieinhalbstündige Flug nach Malta verlief reibungslos. Die Fahrt in die Hauptstadt Valletta zog sich aufgrund des zäh fließenden Verkehrs ein wenig hin. Eine gute Dreiviertelstunde nach der Landung steht Nik vor dem imposanten historischen Gebäude eines Luxushotels.

Seine Uhr zeigt 11:51 Uhr, um zwölf ist er an diesem Ort mit Jerome Freitag zum Essen verabredet. Er betritt die beeindruckende Lobby und schaut sich um. Angesichts des Ambientes fühlt er, dass die ganze Sache mindestens eine Nummer zu groß für ihn zu sein scheint.

Nik entdeckt das Restaurant und begibt sich dorthin. Die Dame am Eingang verbeugt sich leicht vor ihm. Er erwähnt den Namen Jerome Freitag. Sie signalisiert ihm, ihr zu folgen. Der Herr würde bereits auf ihn warten. Sie gehen durch das Restaurant, in dem zu der frühen Stunde nur wenige Plätze besetzt sind. Dann steht Nik am Tisch seines Gesprächspartners.

Jerome Freitag erhebt sich zur Begrüßung. Den Mann mit der Sonnenbrille im grau-weißen Haar schätzt er auf Ende Fünfzig – äußerlich Typ Alain Delon. Jedoch hat er nichts von einem eiskalten Engel, sondern wirkt umgänglich und warmherzig. Er bittet Nik gestenreich, sich zu setzen. Es folgt das übliche Abtasten beim Small Talk.

Freitag fragt ihn, ob er schon häufiger in Malta gewesen ist und ob er einen guten Flug hatte.

„Alles hat bestens geklappt“, bejaht der Reporter. „Ich gebe zu, ich bin das erste Mal hier.“

„Dann gibt es einiges für Sie zu sehen. Wie viel Zeit haben Sie mitgebracht?“

„Nach unserem Gespräch möchte ich noch ein paar Besichtigungen machen und schon heute Abend geht es zurück.“

„Das Gute an Valletta ist, dass es in kurzer Zeit zu Fuß durchquert werden kann – und jedes Haus atmet dabei Geschichte. Für den Rest der Insel sollten Sie sich allerdings deutlich mehr Zeit nehmen, wenn Sie eines Tages wiederkommen – am besten gleich einige Wochen“, erzählt Freitag, während die Bedienung mit einem kleinen Appetizer kommt. „Lassen Sie uns erst mal das Mittagessen einnehmen. Selbstverständlich sind Sie heute mein Gast.“

Nik will protestieren, weil er sein Idealbild vom unabhängigen Journalisten in Gefahr sieht. Doch eigentlich kommt ihm die ausgesprochene Einladung gelegen. Der Buchhaltung bei der Hochtaunus-Post würde eine hohe Spesenrechnung sicher nicht gefallen, das führt immer zu intensiven Diskussionen – ganz zu schweigen davon, dass der Bewirtungsaufwand nicht in Bad Homburg, sondern im Steuerparadies Malta entstanden wäre. Also verhält sich Nik ganz so wie der wahre Gentleman: Er genießt und schweigt.

Der Kellner fragt nach den Getränken. Auf Englisch zählt er einige Menüs auf, die der Koch heute anrichtet.

„Wenn ich etwas empfehlen darf, Herr Herzberg", ergreift Freitag in akzentfreiem Deutsch wieder das Wort. „Die Seebrasse ist erstklassig. Und trinken Sie ein Gläschen Weißwein mit …? Wir haben mittlerweile fantastische lokale Weine."

„Warum nicht", erwidert Nik. „Ich halte es zwar mit der alten tropischen Regel – kein Alkohol vor Sonnenuntergang. An so einem edlen Platz mache ich gerne mal eine Ausnahme. Beim Essen verlasse ich mich ganz auf Ihre Empfehlungen."

„Seien Sie sicher, da machen Sie keinen Fehler. Und wir sollten das Leben genießen, solange es geht. Sie haben ja soeben in Bad Homburg gesehen, wie schnell alles vorbei sein kann. Schreckliche Geschichten, die da passiert sind."

Freitag sagt ein paar Worte zum Kellner, der sich die Bestellung notiert.

„Wie gut kannten Sie die zwei?", fragt Nik.

„Mit dem ‚gut kennen' ist das so eine Sache", wägt sein Gesprächspartner ab. „Wir hatten geschäftlich miteinander zu tun. Insbesondere mit Herrn Weiss."

„Um was ging es dabei?"

„Nun, normalerweise kommt jemand nach Malta, um Steuern zu sparen", sinniert Freitag.

„Herr Weiss hatte da wohl andere Dinge vor ...", mutmaßt Nik.

„Richtig, er wollte uns etwas verkaufen. Ein Grundstück in Bad Homburg."

„Ein Grundstück? Warum wendet er sich damit an Sie auf Malta, anstatt es bei uns im Taunus zu vermarkten?"

„Ich erkläre es Ihnen gleich", antwortet sein Gegenüber. „Sie haben sich doch sicherlich gefragt, warum ich so schnell in unser Treffen eingewilligt habe …"

„Das stimmt."

„Hinter mir steckt eine finanzstarke internationale Investmentgesellschaft, die milliardenschwere Vermögen ehrbarer Bürger anlegt", beschreibt Freitag. „Bei unseren Klienten hat sich Unruhe breitgemacht. Die möchten nicht mit zwei Mordfällen in Bad Homburg in Verbindung gebracht werden. Damit das nicht geschieht, sollen Sie mir helfen."

„Ich stehe auf dem Schlauch …", schaut Nik leicht verdutzt drein. „Worauf wollen Sie hinaus?"

Von dem als Vorspeise gereichten Meeresfrüchtesalat nimmt er nur wenig zu sich. Stattdessen lauscht er den Ausführungen seines Gegenübers.

„Die Sache ist im Grunde ganz einfach", betont Freitag. „Wir machen einen Deal, der für uns beide vorteilhaft sein dürfte."

Nik erschrickt innerlich. Das hört sich fast nach Mafia an: erst die Milliarden von einflussreichen Leuten, jetzt noch ein Deal. Und gilt Malta nicht als Ort dubioser Finanzgeschäfte mit zwielichtigen Personen? Auf was hat er sich da eingelassen?

„Ich kann Sie beruhigen, Herr Herzberg, auch wenn unser Treffen für Sie vermutlich einen obskuren Charakter hat. Was will dieser Mensch von mir, werden Sie sich fragen. Ganz einfach, ich möchte Sie mit Informationen versorgen, die im Fall der beiden Toten wichtig sind. Im Gegenzug bitte ich Sie, bestimmte Dinge im Moment nicht zu schreiben. Doch essen Sie erst mal in Ruhe Ihre Meeresfrüchte. Das wäre sehr schade, wenn Sie diese Tierchen nicht genießen würden, weil Sie nur auf Ihre Story fixiert sind."

Derweil platzt Nik fast vor Spannung, er versucht, sich nichts anmerken zu lassen. Der angepriesene Salat mag noch so lecker sein, viel lieber würde er die Informationen von dem Herrn gegenüber verspeisen. Jerome Freitag nimmt die Weinflasche aus dem Kühler und schenkt lächelnd nach.

„Unsere Organisation wurde vor einiger Zeit in Bad Homburg aktiv", klärt sein Gesprächspartner auf. „Mit dem Geld unserer Anleger investieren wir gerade in ein Großprojekt in Ihrer schönen Kurstadt, das Colosseum. Auch darüber haben Sie bestimmt berichtet."

„Ja, das hat zuletzt große Schlagzeilen gemacht."

„Genau. Und wo eine Sache im Lichte der Öffentlichkeit steht, glauben viele, sie könnten davon profitieren. Wie Moritz Weiss zum Beispiel. Er offerierte uns ein Grundstück, das unmittelbar an unser Colosseum angrenzt", sagt Freitag. „Damit würde sich die Anlieferungslogistik deutlich verbessern. Wir wollten es haben und er wollte es uns zu einem angemessenen Preis geben. Eine Win-win-Situation, um ein heutiges Modewort zu bemühen."

„Also haben Sie es ihm abgekauft?", will Nik wissen.

„Nein. Wir haben es untersuchen lassen und hätten nichts damit anfangen können."

„Verstehe ich nicht …"

„Das Grundstück ist zwar sehr wertvoll", klärt Jerome Freitag auf. „Doch hauptsächlich für Biologen oder Ökofuzzis. Ein Insekt hat sich nämlich breitgemacht. Es steht unter besonders strengem Schutz und darf nicht so mir nichts, dir nichts verdrängt werden."

„Somit war das Grundstück also wertlos", folgert Nik. „Weil Sie befürchten mussten, dass ein etwaiges Bauvorhaben erst einmal von Umweltschützern und Gerichten gestoppt wird."

„Richtig. Herr Weiss hätte aktuell nicht allzu viel dafür bekommen. Mit dem Preis wollte er nicht runtergehen."

„Wer wusste das noch?"

„Nur wir und der Informant", entgegnet Freitag. „Sie werden gleich erfahren, wer das war."

„Da bin ich gespannt."

„Aber das Grundstück ist nur eine Sache, die uns in den letzten Tagen beschäftigt hat. Wir sind ins Visier krimineller Elemente gerückt. Ich will es kurz machen, wir werden seit Dienstag früh erpresst. Unsere Organisation soll fünf Millionen Euro zahlen. Tun wir das nicht, passiert ein Unglück, lautete die Drohung."

Nik horcht auf. Steht die Erpressung in einem unmittelbaren Zusammenhang mit den Morden? Auch der in der Zwischenzeit servierten Seebrasse widmet er nicht die nötige Aufmerksamkeit.

Der Hauptgang wird für ihn zu einer Mischung aus Nahrungs- und Informationsaufnahme. Nur der Wein mundet, er hilft ihm, die in der Luft liegende Spannung zu verarbeiten.

„Und wenn Sie sich weigern und nicht darauf eingehen …?“

„Das haben wir versucht“, erzählt Freitag. „In unserer Investorengruppe befinden sich einflussreiche Leute, die sich nicht so ohne Weiteres vorschreiben lassen, was sie zu tun haben. Die sind mit allen Wassern gewaschen und schrecken auch nicht davor zurück, sich zu wehren. Wenn Sie es jedoch wie in diesem Fall mit einem Verrückten zu tun haben, können Sie wenig machen. Keiner konnte ahnen, dass dieser Durchgeknallte einfach so zwei Leute um die Ecke bringt, um seine Drohung zu bekräftigen. Nur weil sie in irgendeiner Form mit dem Colosseum zu tun hatten …“

„Gab es nach den beiden Morden einen erneuten Kontakt?“

„Ja, nach der ersten Tat“, berichtet Freitag. „Da erhielt ich einen Anruf. Eine mechanisch klingende männliche Stimme sagte mir, so werde es allen Menschen gehen, die seine Anweisungen nicht befolgen.“

„Und nach dem zweiten Mord?“

„Da haben wir bis jetzt noch nichts gehört. Muss aber nichts heißen, die zweite Tat liegt erst anderthalb Tage zurück. Auch nach dem ersten Mord hat es mehr als einen Tag gedauert, bis sich der Mann gemeldet und dazu bekannt hat."

„Weiß Leo von Burtenbach von der Erpressung?", fragt Nik.

„Nein, wir haben ihm noch nichts davon berichtet. Er soll das Colosseum unbefangen auf der Messe in Frankfurt präsentieren, um für uns zukünftige Veranstaltungen an Land zu ziehen. Das könnte er nicht, wenn er von den Erpressern wüsste."

„Aber er ist doch gefährdet …?"

„Wir überlassen nichts dem Zufall und haben am Dienstag unmittelbar vor Messebeginn reagiert", betont Jerome Freitag. „Es befinden sich immer einige unsichtbare Bewacher in seiner Nähe. Ihren Besuch am Stand haben die stillen Beobachter übrigens auch mitbekommen", fügt er freundlich grinsend hinzu. „Die Hostess, die Sie so freundlich bedient hat, arbeitet als lizenzierte Personenschützerin."

„Warum erzählen Sie mir das alles so freimütig?", will Nik wissen. „Sie müssen doch befürchten, dass morgen alles in der Zeitung steht. Und so ein Artikel würde Ihr Geschäft vermiesen."

„Ich wollte Sie einweihen, bevor Sie von selbst drauf kommen und leichtfertig delikate Inhalte veröffentlichen. Zu Ihrer eigenen Sicherheit, denn Sie haben ja gesehen, diese Gangster sind äußerst kaltblütig. Und wir selbst möchten nicht damit hausieren gehen, dass wir erpresst werden. Das wäre ganz schlecht fürs Geschäft. Darum bitte ich Sie, nicht darüber zu berichten, solange die Erpresser auf freiem Fuß sind. Wenn der Fall aufgeklärt ist, haben Sie Ihre tolle Story mit Informationen aus erster Hand."

„Sie sind gut. Und was soll ich in der Zwischenzeit schreiben?", klingt Nik ein bisschen vorwurfsvoll. „Ich muss unsere Zeitung füllen. Die Leser erwarten Aufklärung. Und mein Chefredakteur wird mich fragen, warum ich nach Malta gereist bin", klagt er.

„Daran habe ich auch gedacht", beschwichtigt Jerome Freitag. „Ich kann im Zusammenhang mit den Morden einige Informationen liefern, die der Knaller sind. Wirklich der absolute Knaller."

„Tatsächlich?" Nik zeigt sich skeptisch.

„Wir haben natürlich auch versucht, ein wenig Licht ins Dunkel zu bringen, um negative Publicity zu vermeiden. Dabei sind wir fündig geworden. Wir können zwar nicht die Taten aufklären, jedoch wichtige Indizien liefern."

„Haben Sie die Informationen dabei?"

„Hier ist ein USB-Stick mit einem schon fast fertigen Artikel. Sie können daraus zitieren, was Sie wollen, alles ist wahr", verspricht Freitag. „Wann geht Ihr Flieger heute Abend?"

„In sechs Stunden."

„Gut, mit diesem Input dürften Sie Ihren Bericht in spätestens einer Stunde fertig haben. Danach bleiben Ihnen noch knappe drei Stunden für Sightseeing in Valletta. Und dann können Sie entspannt zum Flughafen fahren. Nehmen Sie den Bus, der ganz in der Nähe abfährt. So bekommen Sie noch ein kleines Stück vom maltesischen Alltag mit."

„Das ist ein Leben, nicht wahr?", fügt der Geschäftsmann hinzu. „Da möchte ich fast selbst Journalist sein."

„Eine Frage habe ich noch", brennt es Nik auf den Nägeln. „Sie sprechen perfekt Deutsch ..."

„Und?", entgegnet Freitag beim abschließenden Espresso. „Fragen Sie!"

„Wo sind Sie aufgewachsen?"

„Sie werden es kaum glauben", lacht sein Gegenüber. „In Oberursel."

„In Oberursel?", wiederholt Nik überrascht.

„Ja, Camp King. Mein Vater war dort für paar Jährchen stationiert. 513. Gruppe der US Army, zuständig für militärische Aufklärung."

21.

Die Ermittlungen brachten in den letzten Stunden nichts bahnbrechendes Neues. So erwies sich die Überprüfung der Geschäftspartner von Moritz Weiss als eine Sackgasse. Franziska Fröhling und Martin Breitner haben die Liste abgearbeitet, die sie von der Witwe des Bad Homburger Bauunternehmers erhalten hatten. Es handelte sich überwiegend um sehr große Firmen, für die Weiss nur ein kleiner Fisch gewesen ist. Offensichtlich waren einzelne prestigeträchtige Projekte, bei denen er mitgemischt hatte, gar nicht zustande gekommen. Da hätte er besser auf bodenständige Dinge anstatt auf Glamour setzen sollen. So investierte er viel Zeit, ohne dass hinterher die Kasse klingelte. Richtig viel Geld im mittleren sechsstelligen Bereich verlor Moritz Weiss in einem Fall. Das lag allerdings nicht daran, dass die Rechnung durch den Kunden nicht bezahlt wurde. Vielmehr ging der Auftraggeber pleite. Daraufhin forderte der Insolvenzverwalter den bereits teilweise überwiesenen Betrag zurück, um im laufenden Verfahren alle Gläubiger gleichzustellen. Am Ende kam dabei eine Quote von elf Prozent heraus, sodass Weiss nur ein gutes Zehntel seiner Forderung bekam.

Franziska Fröhling nimmt sich zum Mittagessen eine kurze Auszeit. Sie möchte über den Fall neu nachdenken, dabei auf andere Gedanken kommen. Deshalb hat sie einen kleinen Tapetenwechsel veranlasst und sich in ein wenig frequentiertes Bistro am Rande der Louisenstraße gesetzt. Sie bestellt ein Wasser und einen großen Salat, der hier besonders gut schmeckt. An diesem Ort hat sie die Ruhe, um die einzelnen Tatverdächtigen der Reihe nach durchzugehen. Solange die Ermittlerin auf das Essen wartet, macht sie sich auf einem kleinen Block einige

Notizen. Im Grunde schreibt sie nur bekannte Dinge auf, trotzdem erhält sie dadurch das Gefühl, bei der Aufklärung weiterzukommen. Dabei hofft sie auf einen plötzlichen Geistesblitz, der dem Fall eine ganz neue Richtung gibt.

Als Erstes denkt sie über Leo von Burtenbach nach. Der Mann kommt ihr mysteriös vor. Er verließ über Nacht als Außenseiter Leonard Remus seine Heimatstadt Bad Homburg und kehrt als millionenschwerer, adliger Geschäftsmann zurück. Für beide Tatzeiten hat er ein Alibi, das von zahlreichen Zeugen bestätigt werden kann – es erscheint unmöglich, dass er beim ersten Mord den Veranstaltungsraum auf der Saalburg auch nur für wenige Minuten verlassen hat. Er dürfte also allenfalls der Anstifter gewesen sein. Zu seinen Gunsten spricht das fehlende Motiv. Und als Investor beim Colosseum kann er keine negativen Schlagzeilen gebrauchen. Die Morde kommen ihm eher ungelegen, es sei denn, es steckt noch ein ganz anderes Kalkül dahinter.

Gedanklich knöpft sie sich den nächsten Verdächtigen vor: Internet-Aktivist Maxim Haas, der sich „Arminius73" nennt. Franziska hat mit ihm am Vormittag telefoniert und ihn anschließend wie Nik Herzberg zuvor in Wehrheim besucht. Sie lag mit ihrer Vermutung richtig: Haas war Romulus und in der Schulzeit der beste Kumpel von Leonard Remus. Beide hockten jahrelang tagtäglich zusammen. Schon als Kinder spielten sie die römische Geschichte nach. Einmal habe Romulus seinen Kameraden

Remus mit einem Schwert gestoßen und verletzt, hat Haas erzählt – weil der sich über seine Befestigungsmauer lustig gemacht hätte. Fast genauso ist es in der Sage von Romulus und Remus gewesen, die sie im Internet recherchiert hat.

Romulus legte einen Stadtgraben und eine Mauer an. Remus verspottete ihn und sprang über die niedrige Begrenzung in die Anlage hinein. Das war eine schwere Verletzung von Recht und Gesetz, die unbedingt geahndet werden musste. Denn eine Stadtmauer galt als heilig. Aufgebracht erschlug Romulus seinen Bruder mit den Worten „So möge es jedem ergehen, der über meine Mauern springt!".

Das Römerspiel als Kinder hat beide bis heute geprägt, den einen als Lateiner, den anderen als Investor. Jahrelang verloren sie sich aus den Augen, erst vor Kurzem hat Haas wieder von seinem Freund in der Zeitung gelesen – möglicherweise ohne zu wissen, um wen es sich tatsächlich handelt. Und während sich der eine immer noch tiefgründig mit der römischen Geschichte beschäftigt, hat der andere ein Kommerzprojekt daraus gemacht. Remus alias Leo von Burtenbach würde das wahrscheinlich als Weiterentwicklung seiner Persönlichkeit interpretieren. Für Romulus, oder Maxim Haas, käme es einem Verrat an ihren Idealen gleich. Doch als Racheantrieb wäre das eher unwahrscheinlich. Er konnte nicht wissen, dass sich Kaiser und Weiss vom Bau des Colosseum lukrative

Geschäfte erhofften. Ähnlich wie Nik Herzberg einschätzte, sieht sie den kleinen Haas auch körperlich kaum in der Lage, den ersten Mord zu begehen. Sie hält ihn für zu schwach, um Konstantin Kaiser erwürgen zu können.

Dies trifft genauso auf Steffi Hübner zu, die angesichts der Eifersuchtsszene ihres Mannes aus dem Blickfeld der Ermittlungen geraten ist. Allein wäre es ihr kaum möglich gewesen, Konstantin Kaiser mit bloßen Händen zur Strecke zu bringen. Und: Ohne einen Helfer hätte sie die Leiche nicht zum einstigen Lagerdorf transportieren können. Immerhin besaß die ehemalige Buchhalterin von Moritz Weiss einen triftigen Grund, sich an ihrem früheren Chef zu rächen – ihre Entlassung. Da liegt das Szenario auf der Hand: Erst tötet sie Kaiser zusammen mit einem unbekannten Dritten. Im Anschluss lässt sie es so aussehen, dass Moritz Weiss den Mord begangen hat. Aber warum bringt sie Weiss um? Wollten sie noch mal miteinander reden und das Gespräch eskalierte? Steffi Hübner besitzt kein wirkliches Alibi, sie sei zu beiden Tatzeitpunkten zu Hause gewesen, lautet ihre Aussage. Und was ist mit ihrem Gatten, der beim zweiten Mord am Tatort war? Versteckt er hinter der angeblich so krankhaften Eifersucht die Mordbeteiligung? Für seine Frau würde er alles tun, das hat er mit den Attacken auf vermeintliche Rivalen bewiesen. Was war der Grund, warum er beim zweiten Mord an den Tatort gelockt wurde? Franziska will zumindest nicht ausschließen, dass er doch in die Sache involviert sein könnte.

Bleiben Michaela und Moritz Weiss. Letzterer kommt für die erste Tat infrage, weil er Streit mit dem späteren Opfer hatte. Es erscheint sicher, dass er sich über die Szene während des Abendessens geärgert hat. Haben beide ihren Disput nach der Veranstaltung weitergeführt und kam es zu Handgreiflichkeiten mit tödlichen Folgen? Inzwischen scheint die Verwicklung von Weiss ziemlich sicher, seine DNA wurde am Opfer festgestellt – was ihn allerdings nicht automatisch zum Täter stempelt. Denn das Labor hat auch DNA-Spuren von mindestens zwei weiteren Personen gefunden, sodass Dritte beteiligt sein könnten. Ob es sich dabei auch um Steffi Hübner handelt, muss noch geklärt werden. Und was Frau Weiss angeht, stellt sich für Franziska eine Frage: Hätte sie einen Vorteil von dem Mord gehabt? Finanziell kann das zumindest ausgeschlossen werden, da ihr Mann mehr oder weniger bankrott war. Beide hatten einen Ehevertrag, sie würde also durch die finanziellen Eskapaden ihres Mannes nicht belastet werden. Es existiert keine Lebensversicherung, sodass sie durch den Todesfall nicht profitiert. Das Haus, in dem sie wohnt, gehört sowieso ihr. Und die Erträge aus besagtem Grundstück, das Moritz Weiss zu Geld machen wollte, würden allenfalls seine Schulden decken.

Als Franziska über die Mordmotive nachdenkt, hat sie den Salat fast aufgegessen. Den beiden Frauen will sie ein weiteres Mal auf den Zahn fühlen. Außerdem möchte sie die frühere Verbindung von Romulus und Remus tiefergehend erforschen. Sie bezahlt die Rechnung und will aufbrechen. Da klingelt ihr Smartphone, Nik Herzberg ruft sie an. Er befinde sich gerade auf Malta, teilt er ihr mit. Dort sei er an Indizien und mögliche Beweise gelangt, die zur Aufklärung des Mordes an Konstantin Kaiser beitragen könnten.

„Sie sollen die Erste sein, die von den Neuigkeiten erfährt", hört sie ihn sprechen. „Schauen Sie mal auf unser Onlineportal *hochtaunus-post.de.* Ich veröffentliche just in diesem Augenblick meinen Artikel."

22.

Nach dem Treffen mit Jerome Freitag checkt Nik die Inhalte auf dem Stick, den er von dem Informanten erhalten hat – sie sind in der Tat hoch spannend! Ein bisschen seltsam wirkt das schon, wenn ein Journalist von einem Menschen aus der Wirtschaft mit umfassenden Rechercheergebnissen versorgt wird. Was soll's, auch im Bundestag fließt das Wissen von Lobbyisten in die Gesetzgebung ein. Ohnehin hält Nik das Material für glaubwürdig, etliche Beweise sind beigefügt. Er ruft den Chefredakteur Jens-Jörg Sibelius an und bespricht mit ihm den brisanten Input. Zudem leitet er die Dateien an seinen Vorgesetzten weiter. Sibelius bittet ihn, den Artikel vorzubereiten, möchte aber noch ein bisschen Bedenkzeit haben. Er will in Ruhe nachdenken und entscheiden, ob es tatsächlich zur Veröffentlichung kommt. Es könnten dadurch Persönlichkeitsrechte verletzt werden.

Nik hat sich eigens im Business-Center des Hotels eingenistet, in dem er gerade zum Mittagessen eingeladen war. Hier sitzt er am Computer und legt los. Das ihm zugespielte Informationsmaterial erweist sich als gut geschrieben und bestens aufgebaut – da waren Profis am Werk.

So hat der Journalist seinen Beitrag in nicht einmal einer halben Stunde fertig, einschließlich eigener Ergänzungen. Als er sich gerade im Schreibtischstuhl zurücklehnt, ruft ihn Nathalie Berger, die rechte Hand von Sibelius, an.

„Der Chef hat es sich überlegt“, berichtet sie.

„Was sagt er?“

Er kann die Aufregung in seiner Stimme kaum verbergen.

„Feuer frei, du hast grünes Licht!“, teilt ihm Nathalie Berger die erhoffte Botschaft mit.

Nik kann sich vor Freude kaum halten.

„Yes!!!“, entfährt es ihm.

Nachdem das kurze Telefonat beendet ist, schreitet der Journalist zum Vollzug. Er liest sich seine Ausführungen noch einmal durch und loggt sich in den Content-Bereich der Hochtaunus-Post ein. Anschließend kopiert Nik die Inhalte in das dafür vorgesehene Feld hinein, lädt ein Foto hoch und setzt den Cursor auf „Veröffentlichen“. Danach greift er zum Mobiltelefon, kontaktiert Kommissarin Franziska Fröhling und kündigt den Beitrag an. Fast zeitgleich klickt er auf den Button und der Artikel steht online.

Beruflich dürfte die Reise nach Malta damit ein voller Erfolg gewesen sein. Nun will Nik noch ein paar Sehenswürdigkeiten aufsaugen, um seinen Trip privat zu krönen: Ganz Valletta zählt zum Weltkulturerbe. Die Ausgrabungen am Stadttor bilden den Ausgangspunkt seiner Tour, im Vorfeld der Reise hatte er sich einige touristische Highlights ausgedruckt. Vor allem das Fort St. Elmo und die berühmten Kirchen – die St. Johannes-Konkathedrale und die Karmeliterkirche mit der Kuppel – will er sehen. Natürlich möchte er bei dem Versuch, Valletta in wenigen Stunden zu erkunden, auch den einen oder anderen Blick aufs Wasser erhaschen.

Nach fast drei Stunden spannendem Sightseeing mit einigen kürzeren Steigungen und Treppengängen spürt Nik seine Beine. Gefühlte zehn Kilometer hat er in den Straßen und Gassen zurückgelegt, er braucht Erholung. Ein bisschen Zeit bleibt ihm noch, bis ihn der Bus zum Flughafen bringen wird.

Unweit des neuen Freilichttheaters, das auf den Ruinen des im zweiten Weltkrieg zerstörten Opernhauses entstand, hat Nik ein Café entdeckt. Er lässt sich nieder und testet die traditionellen Pastizzi, die typisch maltesischen Blätterteigtaschen. Während er dazu einen Kaffee trinkt, liest er zufrieden auf dem Smartphone seinen eigenen Online-Artikel auf dem Portal der Hochtaunus-Post.

NEUE HINWEISE IM HOMBURGER DOPPELMORD

War es Vergeltung für entgangenes Geschäft?

Von Nik Herzberg

Sollte es je gebaut werden, wird das neue Bad Homburger Megaprojekt Colosseum die römische Geschichte thematisieren. Allerdings wirkt dieser Ansatz eher künstlich und multimedial: Hollywood lässt grüßen. Dagegen spielt in unmittelbarer Nähe des geplanten Baus das wahre Leben – in Form eines quirligen Insektenvölkchens. Auf dem Nachbargrundstück wurde nämlich der Juchtenkäfer heimisch, wie gefundene Kotausscheidungen nahelegen. Zudem sollen in einem Baum auch Larven der unauffällig lebenden Käfer gesichtet worden sein. Dieser Fund käme einer biologischen Sensation gleich, weil es sich um eine noch unbekannte Art des äußerst seltenen Käfers handelt. Was für Biologen eine große Freude ist, tangiert andererseits knallharte geschäftliche Interessen.

Das Grundstück war nämlich für die Verbesserung der Anlieferungslogistik des Colosseums vorgesehen. Daraus wird nichts, weil der Juchtenkäfer laut EU-Naturschutzrichtlinie eine besonders schützenswerte Spezies ist. Wenn es sich tatsächlich um einen herausragenden Fund handelt, würde die Bebauung mit Sicherheit zunächst gestoppt werden. Langjährige Gerichtsprozesse wären die Folge. Hinzu kommt die emotionale Aufgeladenheit des Themas in der Öffentlichkeit durch die allgegenwärtige Berichterstattung über das Insektensterben.

Pikant erscheint, dass der vor zwei Tagen ermordete Bad Homburger Bauunternehmer Moritz Weiss im Besitz des Grundstückes war. Er hatte es vor einigen Monaten erworben und wollte es an die Investoren um Leo von Burtenbach verkaufen – da wusste noch keiner von den kleinen putzigen Tierchen. Ein Informant hat den potenziellen Erwerbern die Fakten um die neuen kleinen Bewohner mitgeteilt und damit den Deal indirekt gestoppt. Zudem hat er ein Gutachten geliefert, das die Seltenheit der Käferart bestätigte. Dieser Informant war der vor drei Tagen ermordete Konstantin Kaiser. Entsprechende Beweise dafür liegen vor. Kaiser hat damit verhindert, dass Moritz Weiss das vermeintliche Juwel zu Geld machen konnte. Das geschah wohl aus Rache, weil er von Weiss zuvor ausgebootet worden war – ursprünglich wollten die zwei langjährigen Geschäftsfreunde das Grundstück gemeinsam entwickeln. Es liegt die Vermutung nahe, dass Weiss durch Kaiser beim Streit am Montag gegen 23:10 Uhr vom verhinderten Kauf erfuhr. Damit wäre er so gut wie pleite gewesen, seine Insolvenz hätte er nicht aufhalten können.

Schon vorher kam es am gleichen Abend zwischen den beiden öffentlich zum Disput. Kaiser beschuldigte Weiss, seine Rechnungen nicht zu zahlen. Das geschah bei einem Event auf der Saalburg. Direkt nach der Veranstaltung trafen beide offensichtlich erneut aufeinander. Rächte sich Weiss seinerseits für das entgangene Geschäft, indem er Kaiser kurzerhand umbrachte? Es spricht manches für diese These, weil es ein klares Motiv gibt. Andererseits wollte Moritz Weiss am Dienstagabend reinen Tisch machen und dieser Zeitung entlastende Unterlagen präsentieren. Dazu kam es nicht mehr. Er wurde kurz darauf selbst ermordet, die Unterlagen sind vom Täter verbrannt worden. Die Polizei versucht derzeit, anhand der verkohlten Papiere etwas Brauchbares herauszufinden. Das dürfte sich jedoch als schwieriges Unterfangen erweisen.

Bleibt die Frage, wie Moritz Weiss plante, seinen Kopf aus der Schlinge zu ziehen, und womit er seine Unschuld begründen wollte. Wer weiß noch von den dubiosen Unterlagen, die dabei scheinbar eine so wichtige Rolle spielen? Und was stand drin, das dermaßen belastend war, dass Weiss sterben musste und die Dokumente vor Ort vernichtet wurden?

nik.herzberg@hochtaunus-post.de

Als er sich gerade auf den Weg zur nahe gelegenen zentralen Busstation gemacht hat, erhält Nik einen Anruf aus der Redaktion. Es ist wieder Nathalie Berger. Mit ihr hatte er am Tag vor seinem Abflug begonnen, in der Vergangenheit von Maxim Haas zu forschen. Auf halb legale Weise sei sie aufgrund persönlicher Beziehungen an das medizinisch-psychologische Dossier gekommen, das dem Lehrer ein „Burn-out" bescheinigt habe. Haas hätte eindeutig panische Angst, in Situationen zu geraten, in der er nicht Herr über sich selbst sein kann. Er fürchtete sich davor, dass er im Unterricht in Sachen verwickelt werden könne, die aus dem Ruder laufen. Vermutlich habe dies mit einem schwerwiegenden Ereignis in seiner Spätjugendzeit zu tun gehabt. Es ging da um eine Entführung, die ihm gemeinsam mit einem Freund widerfahren sei. Deswegen wäre er auch vor Jahren ohne Erfolg in psychischer Behandlung gewesen.

„Ich kann mal weiter recherchieren, ob ich nähere Details zu der Entführung finde“, kündigt Nathalie Berger an.

„Sehr gut“, meint Nik. „Ich werde parallel mal meine Kontakte zur Bad Homburger Polizei spielen lassen.“

23.

Die Fachleute der Polizei haben bei der Rekonstruierung der verbrannten Unterlagen ganze Arbeit geleistet. Zwar ist es ihnen nicht gelungen, die teils verkohlten Einzelteile wieder zusammenzusetzen. Anhand der Unterlagen konnten sie jedoch feststellen, worum es sich handelte. Was Moritz Weiss bei sich trug, waren Kopien von Bankauszügen. Einzelne Daten waren noch sichtbar und so ließ sich der Vorgang teilweise zurückverfolgen. Franziska Fröhling hat bei der betreffenden Bank nachgefragt und sich die entsprechenden Unterlagen geben lassen. Für das von Konstantin Kaiser in Auftrag gegebene Gutachten war eine Summe von knapp 40 000 Euro bezahlt worden. Ob ein solcher Betrag angemessen ist, dürfte für Außenstehende nur schwer zu beurteilen sein. Seltsam erscheint jedoch etwas anderes. Eine Zahlung in halber

Größenordnung hatte außerdem ein Herr Professor Dr. Zweifel fast zeitgleich privat erhalten. Es handelt sich um den Leiter des Instituts für Insektenforschung. Dieses Institut war mit dem in Nik Herzbergs Artikel beschriebenen Gutachten über das von Weiss erworbene Grundstück beauftragt.

Franziska grübelt. Der Name kommt ihr bekannt vor. ‚Auch wenn der Typ mit Nachnamen Zweifel heißt, passt seine Beschreibung wie die Faust aufs Auge', erinnert sie sich an die Worte ihres Kollegen Martin Breitner. Richtig, Roland Zweifel war der Zeuge, der Moritz Weiss vor zwei Tagen angeschwärzt hatte. Von ihm kam die Beschreibung des Verdächtigen und seines Autos oben an der Saalburg, am Abend, als der erste Mord passierte. Die Kommissarin will sich den Professor einmal vorknöpfen. Sie kann ihn auf Anhieb nicht erreichen. Da sie sich mit anderen Dingen beschäftigen möchte, bittet sie eine Kollegin, ihn vorzuladen.

Indes nimmt sie sich erneut das Material von Romulus und Remus vor, das sie aus dem Internet heruntergeladen hatte.

Nach ihrer Geburt wurden die neugeborenen Zwillinge Romulus und Remus in einem Korb auf dem Tiber ausgesetzt. Der Fluss führte Hochwasser, das aber kurz darauf zurückging. Aus diesem Grund blieb der Korb im Uferschlamm stecken. Eine Wölfin fand die Zwillinge und säugte sie. Nachdem sich das Tier entfernt hatte, wurden die schreienden Babys von einem

Hirten gefunden. Er nahm sie mit zu sich nach Hause und zog sie zusammen mit seiner Frau auf.

Von der Entführung des Maxim Haas hatte Nik Herzberg gesprochen, als er Franziska vom Flughafen auf Malta ein weiteres Mal anrief. Es muss in der ersten Hälfte der Neunzigerjahre passiert sein. Vielleicht war das Ganze in Verbindung mit einem Fluss oder See geschehen, versucht Franziska einen Zusammenhang zur Sage herzustellen. Wenn der Fall zur Anzeige gekommen war, könnte es auch nach drei Jahrzehnten darüber Aufzeichnungen geben. Das bedeutet, Akten zu wälzen statt Computerrecherche, denn viele Fälle aus dieser Zeit sind noch nicht digitalisiert. Die Kommissarin greift zum Hörer und nimmt Kontakt mit dem Archiv auf. Dort ist spontan kein Entführungsfall bekannt, kein Wunder nach so langer Zeit.

Wie gut, dass seit zwei Tagen eine Praktikantin auf der Polizeistation arbeitet, die bislang noch nicht ausgelastet wurde. Sie soll sich die Akten mit dem Rollwagen aus dem Archiv holen. Für die nächsten Stunden hat sie die Aufgabe, sich die entsprechenden Vorkommnisse der Jahre 1990 bis 1995 vorzunehmen.

In der Zwischenzeit wurde Professor Roland Zweifel erreicht. Er wolle gleich vorbeikommen und für Aufklärung sorgen, teilte er am Telefon mit. Wenig später sitzt er Franziska und ihrem Kollegen Martin Breitner gegenüber, der sich hinzugesellt hat.

Beim ergrauten Professor handelt es sich um ein älteres Semester. Er muss kurz vor der Pensionierung stehen.

„Herr Professor Dr. Zweifel", beginnt Franziska die Befragung. „Schön, dass Sie es so schnell einrichten konnten."

Der Angesprochene nickt. Er ist einverstanden mit der Aufzeichnung des Gesprächs.

„Dann legen wir gleich mal los. In medias res, wie Sie in Ihren akademischen Kreisen zu sagen pflegen", scherzt die Kommissarin, während sie das Aufnahmegerät einschaltet.

Zu Beginn des Frage- und Antwortspiels hält sie ganz offiziell Anlass, Namen, Datum und Uhrzeit fest.

„Befragung von Professor Dr. Roland Zweifel durch Oberkommissarin Franziska Fröhling am Donnerstag, 16. Mai, um 17:12 Uhr in Bad Homburg. Anwesend außerdem: Oberkommissar Martin Breitner."

„Herr Professor Zweifel, wir sind bei unseren Ermittlungen auf zwei Zahlungsvorgänge gestoßen: zum einen auf einen Betrag von 39 800 EUR an Ihr Institut, zum anderen auf 20 000 Euro an Sie privat. Angewiesen wurde das Geld jeweils von Herrn Konstantin Kaiser. Die erste Summe können wir uns erklären, es handelt sich um das Honorar für das Gutachten. Wofür haben Sie denn die 20 000 Euro privat erhalten?"

„Ich gebe zu, das sieht alles nicht sehr sauber aus", meint der Professor verlegen. „So als ob ich hier Bestechungsgelder genommen habe."

„Und haben Sie?“, hakt Franziska nach.

„Nein, es war eine Dummheit, zumindest aus heutiger Sicht. In der Satzung des Instituts steht, dass wir zwar ausdrücklich Drittmittel aus der Wirtschaft anwerben sollen. Das darf indes nur bis zu einer Summe von 40 000 Euro pro Unternehmen innerhalb eines Dreijahreszeitraums geschehen. So sollen Abhängigkeiten und Einflussnahmen von außen vermieden werden. Also sind wir bei unserer Rechnungsstellung ein bisschen kreativ geworden.“

Als er davon berichtet, legt er Unterlagen auf den Tisch.

„Hieraus können Sie alles entnehmen“, redet Roland Zweifel weiter. „Ich wollte mich keineswegs persönlich bereichern, sondern habe die 20 000 Euro bereits vor einigen Tagen an das Institut gespendet. Auf eine Spendenquittung ist von mir ausdrücklich verzichtet worden, da ich keine Steuern hinterziehen möchte. Sie sehen, das gesamte Geld kommt dem Institut und der Wissenschaft zugute.“

„Prinzip linke Tasche, rechte Tasche“, folgert die Kommissarin. „An der Umsetzung sollten Sie beim nächsten Mal noch ein wenig feilen. Das scheint alles für Sie unglücklich gelaufen zu sein. Hatten Sie sich ja clever ausgedacht. Aber plötzlich klebt Blut an den Talern, die Sie so kreativ verbucht haben. Zwei Menschen sind unfreiwillig gestorben.“

„Damit habe ich nichts zu tun", zeigt sich der Professor leicht empört. „Das weise ich ganz energisch von mir."

„Worum ging es denn in dem Gutachten?", fragt Franziska.

„Ich sollte untersuchen, ob es sich auf dem Grundstück im Gewerbegebiet Mitte wirklich um die Existenz schützenswerter Populationen handelt. Dabei habe ich herausgefunden, dass wir es mit einer ganz seltenen Art zu tun haben."

„War der Auftrag ergebnisoffen? Oder sollten Sie bestätigen, dass es sich bei den dortigen Insekten tatsächlich um eine seltene Population der Juchtenkäfer handelt? Ein Gefälligkeitsgutachten sozusagen, damit das Grundstück nicht weiterverkauft werden konnte …"

„Wo denken Sie hin?", erwidert der Professor aufgebracht. „Natürlich war die ganze Forschung völlig unabhängig. Eine andere Sache ist es natürlich, ob Herr Kaiser das Gutachten verwendet hätte, wenn es negativ für ihn ausgefallen wäre."

„Okay, was haben Sie denn rausgefunden?"

„Es handelt sich mit großer Wahrscheinlichkeit um den Lebensraum einer Juchtenkäferpopulation. Ich habe einzelne Larven entdeckt und zur Sicherheit auch noch andere renommierte Kollegen ins Boot geholt. Auch sind die gefundenen Kotspuren analysiert worden. Sie weisen zu fast hundert Prozent auf den Juchtenkäfer, sind aber in ihrer Konsistenz so noch nie vorgekommen. Allerdings müsste das gesamte Grundstück intensiver in Augenschein genommen werden, um tiefere Erkenntnisse zu erhalten."

„Und das würde einschließlich der zu erwartenden Gerichtsprozesse viele Jahre dauern. Dies war offensichtlich die Absicht von Herrn Kaiser, um den Verkauf zu verhindern. Der Juchtenkäfer ist ja in Deutschland das ideale Lebewesen, um Bauvorhaben zu verhindern, wie der Blick ins Internet zeigt."

„Wie sind Sie eigentlich für Ihre Untersuchung auf das Grundstück gelangt?", bringt sich Martin Breitner fragend ein. „Herr Weiss wird Sie bestimmt nicht freiwillig darauf gelassen haben …"

„Das Grundstück ist zugewachsen und zudem durch einen Bretterzaun von außen nicht einsehbar", berichtet Roland Zweifel. „Da konnten wir fast fünf Tage lang ganz in Ruhe arbeiten, ohne dass uns einer bemerkt hat."

„Wer hat überhaupt die Insekten entdeckt? Oder haben Sie gar selbst die Larven des Juchtenkäfers ausgesetzt?"

„Natürlich nicht!", protestiert der Professor ein weiteres Mal. „Wie ich hörte, war es Herr Weiss selbst, der davon sprach, bevor er das Grundstück erworben hatte. Er glaubte, dass er so den Preis nach unten treiben könnte und danach Gras über die Sache wächst. Die Geister, die er rief. Seine eigene Gier hat ihn eingeholt."

„Gut, kommen wir auch noch auf eine andere Sache zu sprechen", lenkt Franziska das Gespräch auf Zweifels

Zeugenaussage. „An dem Abend, als Konstantin Kaiser ermordet wurde, waren Sie an der Saalburg. Sie gaben an, einen größeren Herrn aus dem Wald kommend gesehen zu haben. Damit hätten Sie gleich noch mal Schicksal für Herrn Weiss gespielt. Ist das Zufall oder steckt mehr dahinter?"

„Glauben Sie mir, ich kannte Herrn Weiss persönlich gar nicht, nur seinen Namen, aus der Zeitung und durch das Gutachten. Ich wollte auch nie und nimmer in einen Mord verwickelt werden. Nur aus Freundschaft zu Konstantin Kaiser bin ich zu der Veranstaltung auf der Saalburg mitgegangen. Ich hätte bei meiner ersten Zeugenaussage nicht verschweigen sollen, dass ich eine Verbindung zu Herrn Kaiser hatte."

„Das war Ihre nächste Dummheit", meint Franziska. „Dieses Verhalten macht Sie zu einem der Verdächtigen."

„Ja, das war nicht besonders klug von mir", räumt der Professor ein. „Aber ich hatte den Mann, den ich beschrieben habe, tatsächlich an der Saalburg gesehen. Zu diesem Zeitpunkt hatte ich mich längst von Konstantin Kaiser verabschiedet."

„Zum jetzigen Zeitpunkt haben wir keine weiteren Fragen an Sie. Natürlich werden wir Ihre Aussagen überprüfen."

Genauso offiziell wie Franziska das Gespräch begonnen hatte, beendet sie es.

„Befragung von Professor Dr. Roland Zweifel durch Oberkommissarin Franziska Fröhling in Anwesenheit von

Oberkommissar Martin Breitner am Donnerstag, 16. Mai, um 17:39 Uhr in Bad Homburg beendet."

Franziska drückt auf den Knopf, um das Aufnahmegerät abzustellen.

„Für heute können Sie gehen, auch wenn ich ernsthafte Zweifel habe, um mit Ihrem Namen zu spielen", betont sie. „Bitte halten Sie sich zu unserer Verfügung, Sie müssen auch noch das Protokoll unterschreiben."

Als der Professor den Raum verlassen hat, reflektieren die beiden Polizisten das Gespräch.

„Gute Nacht, Deutschland. Es ist kaum zu glauben, wie dämlich sich unsere geistige Elite verhält", rätselt Breitner. „Oder will er uns einfach nur für dumm verkaufen und glaubt, dass wir ihm die Geschichte mit den Käfern abnehmen?"

„Ich fürchte, der lebt in seiner eigenen Welt", reflektiert Franziska. „Solche Insektenforscher sind Koryphäen auf ihrem wissenschaftlichen Gebiet. Für sein Insekten-Institut tut der alles, umgeht sogar die eigene Satzung. Er verfügt zwar über kriminelle Energien, aber einen Mord traue ich ihm nicht zu."

„Also müssen wir woanders ansetzen", stimmt Martin Breitner zu.

„Ich weiß auch schon, wo", sagt Franziska. „Bei der Recherche nach Romulus und Remus ist mir so ein Gedanke gekommen. Nur eine Vermutung, doch es könnte da was dran sein. Unsere Praktikantin sitzt bereits intensiv über den Akten. Mal sehen, was sie rausgekriegt hat."

24.

Bei der Hochtaunus-Post ist Nathalie Berger inzwischen fündig geworden. Nachdem sie im Archiv der eigenen Zeitung vergeblich gesucht hatte, nahm sie sich auch andere Blätter der Region vor. Das elektronische Online-Archiv machte eine zeitungsübergreifende Suche möglich, über Stichworte gelangte sie nach mehreren Stunden ans Ziel. Den gefundenen, zweieinhalb Jahrzehnte alten Bericht leitet sie gleich an Nik Herzberg weiter. Der hat den Artikel auf seinem Smartphone kurz vor zehn nach der Landung in Frankfurt heruntergeladen – er ist wieder zurück aus Valletta. Während er zum Regionalbahnhof geht, überfliegt er den Text aus dem „Langener Anzeiger". Darin wird über einen lange zurückliegenden Fall aus dem Jahr 1993 berichtet.

IM DUNKEL DER NACHT

Mysteriöse Entführung zweier Bad Homburger / Ausgesetzt auf dem Waldsee

Das Ende dieses fröhlichen Abends hatten sie sich sicher anders vorgestellt. Vor einer Woche sind zwei junge Männer, 20 und 21 Jahre, in der Nacht in Bad Homburg überfallen und verschleppt worden. Sie wurden auf einem Parkplatz unweit des „Alten Bahnhofs" mit Gift betäubt, gefesselt und geknebelt. Außerdem sind ihnen die Augen verbunden worden. Die bislang unbekannten Täter verfrachteten ihre Opfer auf die Rückbank ihres Fahrzeugs. Danach ging es über die Autobahn 5 nach Langen. Dort sind sie zu später Stunde am Waldsee in ein Boot gesetzt worden. Anschließend wurden sie mit einem anderen Boot aufs Wasser gezogen. Kurz darauf suchten die Täter das Weite und ließen die Entführten allein. Die zwei jungen Männer trieben die ganze Nacht auf dem See, mit dünner Kleidung, denn ihre Entführer hatten ihnen die Jacken abgenommen. Aufgrund der Fesseln, Augenbinden und Knebel konnten sie sich nicht aus ihrer misslichen Lage befreien. Bei spätherbstlicher Kälte trieben sie viele Stunden ziemlich orientierungslos dahin.

Am nächsten Morgen machte ein Schäferhund seinen Besitzer auf die halb erfrorenen Gestalten in Ufernähe aufmerksam. Der Hundehalter versorgte sie mit Decken und Heißgetränken. Anschließend brachte er sie in ein Krankenhaus in der Nähe, wo sie für eine Nacht zur Beobachtung blieben. Nach der Ursache für die Unterkühlung wurde nicht gefragt, das Klinikpersonal ging von keiner Gewalttat aus. Als sich die beiden ungleichen jungen Männer – einer war lang aufgeschossen, der andere sehr klein – am nächsten Tag ein wenig erholt hatten, brachte sie ihr Retter zurück nach Bad Homburg. Sie versprachen ihm, zur Polizei zu gehen und Anzeige zu erstatten. Nach einigen Tagen kam dem Helfer in der Not die Sache mysteriös vor. Er glaubte eigentlich, dass die Opfer ein Interesse hätten, dass die Tat aufgeklärt würde. Doch in der Zeitung hatte er nichts gelesen und so rief er seinerseits die Polizei an, um von der Sache zu berichten. Merkwürdigerweise hatten die Entführten keine Anzeige erstattet, was auf Angst hindeutet oder darauf, dass sie selbst Dreck am Stecken hatten. Durch die exakte Beschreibung ihres Retters konnten die Entführungsopfer schnell ausfindig gemacht werden. Die Befragung der beiden Opfer durch die Polizei brachte bislang keinerlei Erkenntnisse. Sie konnten oder wollten keinerlei Angaben zu ihren Peinigern machen. Die Kripo ermittelt weiter.

Nik braucht nicht lange zu überlegen. Einer der beiden Entführten ist sehr groß gewesen, der andere klein. Einer war im November 1993 zwanzig Jahre alt, er wird vermutlich 1973 geboren sein – „Arminius73“ kommt infrage. Die alte Geschichte sah aus wie eine Strafaktion, vielleicht aus Rache. Nik ist sich sicher: Bei den beiden jungen Männern handelt es sich um Maxim Haas und Leonard von Burtenbach, der damals Remus hieß. Hatten die Entführer ihre Opfer bewusst auf dem Wasser ausgesetzt, weil sie damit an die Sage von Romulus und Remus anknüpfen wollten? Wollten sie damit signalisieren, dass sie die beiden jungen Männer nicht zufällig ausgewählt hatten? Mordabsichten sind es wohl nicht gewesen. Sonst hätten die Täter eher den gefährlicheren Main als „Ausflugsziel“ ausgewählt, wo Schiffsverkehr herrscht. War die Tat daher eine unmissverständliche Aufforderung, bestimmte Dinge zu unterlassen? Und handelte es sich bei den Entführern um die Ermordeten, Konstantin Kaiser und Moritz Weiss?

Nachfolgende Berichte mit neuen Erkenntnissen finden sich später nicht mehr in der Zeitung. Das lässt darauf schließen, dass die Sache nie aufgeklärt wurde. Zumindest die Öffentlichkeit hatte keinerlei Notiz mehr davon genommen. Aber die Betroffenen dürften das für sie schreckliche Erlebnis nicht vergessen haben. Und: 25 Jahre danach taucht Leonard Remus, jetzt von Burtenbach, wieder auf und zwei Menschen sterben. Er hat mit beiden Ermordeten direkt oder indirekt Kontakt gehabt. Sie wollten mit ihm ins Geschäft kommen und offenbar haben sie nicht erkannt, wen sie da vor sich hatten – dass dieser Mensch noch eine Rechnung mit ihnen offen hatte. Aus heiterem Himmel sind sie tot. War das Rache an den einstigen Peinigern? Nik weiß, die Zeit ist gekommen, wo er auf sich allein gestellt nichts ausrichten kann. Außerdem könnte Leo von Burtenbach gefährlich sein, wenn er denn wirklich mit den Morden zu tun hätte. Deshalb wählt Nik die Nummer von Kommissarin Franziska Fröhling und verabredet sich mit ihr am Flughafen. Inzwischen ist die Polizistin in den Besitz der Akte von damals gelangt. Die Hintergründe der Entführung seien bis heute nicht bekannt, bestätigt sie. Von den Tätern habe es keine Spur gegeben.

Franziska und ihr Kollege Martin Breitner hatten sowieso vor, zum Flughafen zu fahren – aus einem ganz bestimmten Grund: Am Abend ging gerade die Messe in Frankfurt zu Ende, auf der Leo von Burtenbach ausgestellt hatte. Am nächsten Morgen will der Geschäftsmann ganz früh nach Florida zurückfliegen, er steht auf einer Passagierliste. Sie haben nichts in der Hand, um ihn festzunehmen. Sie wollen ihn dennoch noch mal zur Rede stellen, bevor er den Abflug macht. Er muss mit den Morden zu tun haben, auch wenn er nicht der Täter ist.

Kurz nachdem sie Nik getroffen hat, ruft Franziska bei Leo von Burtenbach auf dessen Handy an. Sie erreicht ihn, als er gerade aus einem Taxi steigt. Er ist in einem Flughafenhotel am Terminal 1 angekommen, wo er die Nacht verbringen möchte. So kann er am nächsten Morgen nach dem Frühstück schnell zum Abfluggate gehen. Ganz in seinem „Mann von Welt"-Modus verhaftet, willigt er in das Gespräch ein. Sie verabreden sich in zehn Minuten in der Lobby des Hotels.

Als sie das Telefonat beendet hat, gibt Franziska das Zeichen zum Aufbruch.

„Tja, und wir müssen leider hier warten", sagt Martin Breitner zu Nik.

Mit dem hochnäsigen ‚wir' meint Breitner keinesfalls sich selbst. Vielmehr möchte er Nik damit klarmachen, dass der Journalist beim bevorstehenden Treffen nicht dabei sein darf. Das bleibt der Polizei vorbehalten.

„Nun verziehen Sie nicht gleich Ihr Gesicht", tröstet ihn Franziska. „Die Bad Homburger Kripo kann natürlich keine Befragung zusammen mit einem Journalisten durchführen. Außerdem würden Sie Ihr Verhältnis zu Herrn von Burtenbach damit belasten, wenn Sie mit uns gemeinsame Sache machen. Der ach so unabhängige Journalist auf Seiten der Polizei, das könnte er Ihnen übel nehmen. Stellen Sie sich vor, er ist völlig unschuldig, baut sein Mega-Colosseum und gibt Ihnen aus Verärgerung keine Interviews mehr. Dann wären Sie als Journalist eine lahme Ente."

„Hab schon verstanden", erwidert Nik. „Alles offiziell. Erzählen Sie wenigstens hinterher, was er gesagt hat?"

„Na klar, wir haben doch keine Geheimnisse voreinander", zwinkert die Kommissarin. „Wenn Sie hier brav warten, können wir Sie gleich mit nach Bad Homburg nehmen. Als Kind wollten Sie bestimmt mal im Polizeiauto sitzen. Während der Fahrt werden wir Ihnen von dem Gespräch erzählen. Allerdings müssen Sie uns versprechen, nicht gleich morgen brühwarm über alles zu berichten. Zumindest nicht über das, was unsere Ermittlungen gefährdet."

Leo von Burtenbach wartet in der Hotellobby auf die Polizisten. Er fragt, ob sie ein Getränk zu sich nehmen wollen. Die beiden Ermittler lehnen dankend ab; die Atmosphäre soll nicht zu gemütlich werden.

„Wie war die Messe?", wählt Franziska den sanften Einstieg.

„Großartig", antwortet von Burtenbach.

Er klingt wie ein Amerikaner, für den alles „Great!" ist, selbst wenn soeben der Hurrikan sein Haus weggefegt hat.

„Wir hatten zahlreiche Anfragen", ergänzt der Geschäftsmann. „Es scheint, als ob wir mit unserem Angebot auf das richtige Pferd gesetzt haben."

„Bevor Sie damit wegreiten: Was sagt Ihnen der Name Maxim Haas?“, unterbricht Martin Breitner den Smalltalk, um zur Sache zu kommen.

„Maxim ist ein alter Freund, mit dem ich mich gerade in Homburg getroffen habe“, berichtet Leo von Burtenbach. „Wir hatten uns aus den Augen verloren und heute wiedergetroffen, dabei beim guten Wein in alten Erinnerungen geschwelgt.“

„Hat er nicht erbittert gegen Ihr Großprojekt gewettert?“

„Ja, das stimmt. Er hatte sich im Internet und in Leserbriefen ein bisschen echauffiert. Deswegen habe ich ihn angerufen und wir verabredeten uns für heute Abend. Alle Missverständnisse sind ausgeräumt.“

Er lächelt kurz und erzählt weiter.

„So wie früher, da haben wir uns auch bis aufs Messer bekämpft und gleich wieder versöhnt. Kein Streit konnte unserer Freundschaft etwas anhaben.“

„Haben Sie bei Ihrem lustigen Schwelgen in alten Erinnerungen auch über die Entführung gesprochen?“, will Breitner wissen. „Als unversehens Schluss mit lustig war. Langener Waldsee, 1993, um ein bisschen konkreter zu werden.“

Eine kurze Pause tritt ein, bis der Investor den Faden aufnimmt.

„Sie wissen es also. In der Tat, das war kein schönes Erlebnis für uns beide. Wir hatten lange daran zu knabbern. Mich hat als Folge eine schwere Lungenentzündung für mehrere Wochen niedergestreckt. Mein Körper war von der Unterkühlung so geschwächt, dass die Viren leichtes Spiel hatten. Und außerdem waren da noch die psychischen Auswirkungen, die Angst bei jedem Schritt im Dunklen oder wenn sich jemand nähert. Mich hat das jahrelang verfolgt, auch im Schlaf. Meinen Freund Maxim hat es noch schwerer getroffen, Burn-out, Jobverlust und nun sitzt er im besten Alter daheim."

„Warum sind Sie damals nicht zur Polizei gegangen?", fragt Franziska.

„Einerseits war es uns peinlich. Andererseits hatten wir die Entführer selbst herausgefordert, mit Sachen, die nicht ganz legal waren."

„Heißt?"

„Wir haben sie erpresst, weil wir von Dingen wussten, die sich nachteilig für sie ausgewirkt hätten, wenn sie öffentlich geworden wären. Dafür haben sie uns bestraft."

„Wussten Sie, wer die Täter waren?"

„Anfangs nicht, aber wir konnten es uns natürlich denken."

„Konstantin Kaiser und Moritz Weiss?", sagt Franziska, halb rätselnd, obwohl sie die Antwort kennt.

„Ja, genau. Sie hatten krumme Immobiliengeschäfte gemacht, mit Fördermitteln, die sie zweckentfremdet haben. Anfangs haben sie für unser Schweigen gezahlt. Dann wurde es ihnen wohl zu viel. Sie fanden heraus, wer sie erpresste, und machten uns deutlich, dass sie da keinen Spaß verstehen. Wir haben die Botschaft verstanden und sie von diesem Zeitpunkt an in Ruhe gelassen. Unsere kleinen Erpressungen sind übrigens verjährt."

„Okay, ich erzähle Ihnen mal eine nicht verjährte Geschichte", wird Martin Breitner energischer. „Ein Mann kann eine Tat nicht vergessen, die vor Jahren an ihm und seinem Kumpel verübt wurde. Er verlässt Bad Homburg und kommt eines Tages als wohlhabender, adliger Geschäftsmann zurück. Die Sache von damals beschäftigt ihn noch immer, und jetzt hat er die Gelegenheit, sich zu rächen. Es hilft ihm, dass ihn seine beiden Peiniger von damals nicht wiedererkennen. Er spielt sie gegeneinander aus, weil er mittlerweile die Macht dazu besitzt. Vielleicht hilft er ein bisschen nach, was die dubiosen Juchtenkäfer auf dem Grundstück angeht. Jedenfalls erreicht er sein Ziel. Der eine, Moritz Weiss, bringt den anderen, Konstantin Kaiser, um, weil er seine Existenz bedroht sieht. Weiss verstrickt sich noch tiefer in die Sache und wird selbst von einem Unbekannten ermordet. Auch hier steckt der adlige Geschäftsmann dahinter, wir wissen nur noch nicht, wie und warum. Na, gefällt Ihnen meine Geschichte?"

„Sie gefällt mir außerordentlich gut", lächelt Leo von Burtenbach. „Wunderbar, wie Sie den adligen Geschäftsmann herausstellen. Ähnlichkeiten mit lebenden Personen sind da natürlich rein zufällig."

„Ich glaube nicht an Zufälle", meint der Kommissar süffisant. „Sagen Sie selbst, ist an der Sache nicht ein Körnchen Wahrheit dran?"

„Mag sein. Ich gebe zu, ich bin nicht besonders traurig über das Ableben der zwei. Und in Gedanken habe ich Kaiser und Weiss des Öfteren zur Rechenschaft gezogen. Die schlimmsten Foltermethoden kamen mir in den Sinn. Nur sind solche Fantasien die eine Sache, die tatsächliche Umsetzung eine andere. Meine Alibis haben Sie überprüft. Da ich nicht hinter den beiden Morden stehe, scheide ich aus dem Kreis der Verdächtigen aus."

„Im Moment vielleicht", erwidert Breitner. „Aber eines Tages machen selbst die cleversten Menschen einen Fehler. Sogar Ihnen wird das passieren. Und wenn Sie aus den Staaten zurückkommen, klicken am Flughafen die Handschellen."

„Dann wird unsere Verabschiedung ja nicht nur ein leeres Versprechen sein", grinst der Investor.

„Bestimmt nicht", nickt Franziska. „Auf Wiedersehen, Herr von Burtenbach."

Eine Viertelstunde nach dem Treffen im Hotel fahren die beiden Kommissare zusammen mit Nik Herzberg über die A5 nach Bad Homburg.

„Er fühlt sich sicher", glaubt Martin Breitner. „Wir werden ihn kaum dafür belangen können, dass er Kaiser und Weiss gegeneinander aufgehetzt hat. Ganz abgesehen davon, dass wir noch nicht einmal wissen, ob die sich gegenseitig an die Gurgel gegangen sind."

„Für den Augenblick müssen wir uns geschlagen geben", stimmt Franziska zu. „Doch wer weiß, was in diesem Fall noch passieren wird. Wenn wir den Täter haben, wird der wahrscheinlich alles versuchen, seine Schuld abzumildern. Und dann packt er womöglich aus und nennt uns seinen Auftraggeber, um vor Gericht besser davonzukommen."

Tag fünf: Freitag

25.

Während Franziska Fröhling und Martin Breitner am Flughafen waren, hatten die Mitarbeiter von Kriminaltechnik und Gerichtsmedizin ihre Untersuchungsergebnisse weitergegeben. Gegen acht Uhr morgens sitzen die beiden Ermittler am Schreibtisch und beschäftigen sich damit. Im Fall des ermordeten Konstantin Kaiser gibt es ein paar neue Erkenntnisse; Mediziner und KTU haben ganze Arbeit geleistet. Bekannt war bereits, dass sich die DNA von Moritz Weiss an Kaisers Leiche befand. Zudem hatte das erste Opfer einige starke Hämatome an Kopf und Körper. In Verbindung mit der Analyse des mutmaßlichen Tatorts – dem Waldweg, wo die Krawattennadel gefunden wurde – erscheint ein Szenario wahrscheinlich: Konstantin Kaiser und Moritz Weiss waren nach dem Ende der Veranstaltung auf der Saalburg an besagter Stelle aneinandergeraten. Dort blieb es nicht bei einem Wortgefecht, sondern es kam zu einem Kampf zwischen den Streithähnen. Dabei wurde Kaiser von Weiss verprügelt. Es muss Schläge ans Kinn und in den Bauchbereich gegeben haben. Deren Wirkung hatte Kaiser vermutlich zu Boden gebracht. Im Anschluss bekam er offenbar noch ein paar Tritte versetzt.

Und es liegt eine weitere Erkenntnis vor: Es gibt die Aussage eines Nachbarn aus der Oberen Brendelstraße, der erst gestern angetroffen wurde. Demnach fuhr Moritz Weiss in der Nacht ein weiteres Mal los. Der Zeuge sah dessen Auto, wie es sich nach Mitternacht in Richtung Sinclairstraße bewegte. Hatte er das Schwert geholt und es in der Nähe der Saalburg dann Kaiser in den Rücken gestoßen – nachdem er ihn ein zweites Mal attackiert und erwürgt hatte? In der Theorie wäre das eine naheliegende Lösung. Dennoch dürfte Moritz Weiss nicht der Mörder von Konstantin Kaiser gewesen sein, obwohl er ein ganz starkes Motiv gehabt hätte. Zwar lässt sich die zeitliche Abfolge im Nachhinein nicht mehr genau konstruieren. Es sieht aber so aus, als hätte sich Kaiser kurz darauf von den Schlägen erholt und aufgerappelt, so die KTU. Er hat sich in Richtung des Kastells geschleppt. Das erklärt, warum er in der Nähe des Eingangs gefunden wurde; er wurde nicht dahin transportiert. Jedenfalls muss ihn eine dritte Person in der Nähe des Fundorts angegriffen und ihm die Luft abgedreht haben. Die DNA am Hals des Opfers liefert eine weitere Überraschung, sie wirft einige vorherige Annahmen über den Haufen. Zwei aus dem bisherigen Verdächtigenkreis geraten unmittelbar in den Fokus, auch die Spuren bei Moritz Weiss bestätigen das.

„Wir müssen irgendwas übersehen haben", grübelt Franziska. „Lass uns zu den beiden fahren, um einen DNA-Abgleich zu machen."

Als die Polizisten das Büro verlassen wollen, erhalten sie einen Anruf von Nik Herzberg. Weil der Journalist gegen fünf Uhr früh nicht mehr schlafen konnte, hat er die

Morgenstunden für Recherchen genutzt. Dabei brachte er spannende Erkenntnisse ans Licht. Er kündigt eine E-Mail mit Anhang an, die er gleich darauf abschickt, während er am Rohr bleibt.

Franziska lädt den Anhang herunter und öffnet die Dateien. Das, was sie vorfindet, irritiert sie. Was in aller Welt soll sie damit anfangen?

„Sportberichte“, stellt sie mit leidiger Stimme fest. „Sind Sie ganz sicher, dass Sie da die richtige Datei angehängt haben?“

„Gewiss“, antwortet Nik. „Ich hatte von Anfang an eine Ahnung. Und darum habe ich mich heute in der Frühe mit einem Kollegen vom Lokalsport ausgetauscht.“

„Aha. Und wie weiter …?“

„Lesen Sie es einfach mal durch und zählen Sie eins und eins zusammen. Danach ahnen Sie, wer Konstantin Kaiser den Hals umgedreht hat.“

Noch etwas skeptisch überfliegt Franziska die alten Sportberichte. Die Artikel handeln von Athleten des Homburger Judo Clubs und ihrem Abschneiden bei Meisterschaften. Es geht um die Ergebnisse und darum, wie einzelne Kämpfe vorzeitig zu Ende gegangen sind. Auch von Würgegriffen ist da die Rede.

„Donnerwetter, da haben Sie einen Volltreffer gelandet“, staunt die Kommissarin. „Das untermauert die Resultate unserer Ermittlungen.“

„Wie hoch wird meine Belohnung ausfallen?“, fragt Nik ironisch.

„Leider muss ich Sie da enttäuschen", antwortet Franziska. „Aber wenn wir gleich zuschlagen, haben Sie heute Abend einen tollen Artikel. Und bestimmt setzt sich Ihr Chefredakteur zur Belohnung für eine kleine Gehaltserhöhung ein. Wir waren ohnehin auf dem Sprung, um uns die Personen noch einmal intensiv vorzuknöpfen."

In diesem Augenblick macht sich das Smartphone von Franziska Fröhling bemerkbar. Es wurde ihr eine WhatsApp geschickt. Sie schaut auf das Display, drückt auf den grünen Button und lädt den Anhang runter. Ihr Gesichtsausdruck verrät Überraschendes. Was ihr übermittelt wurde, scheint ein weiteres, unerwartetes Mosaiksteinchen zu sein.

„Wir müssen einen kleinen Umweg machen", ruft sie ihrem Kollegen beim Verlassen des Raumes zu.

Wenig später stehen die Ermittler vor dem Haus in der Oberen Brendelstraße. Sie wissen nun, dass Michaela Weiss es mit der Wahrheit nicht ganz so genau nahm. Besser gesagt, sie hatte ein wichtiges Detail außen vor gelassen.

„Guten Morgen, dürfen wir hereinkommen, Frau Weiss?", fragt Franziska.

„Haben Sie etwas Neues?", möchte die Witwe wissen und bittet die Beamten mit einem Handzeichen ins Hausinnere.

„In der Tat", betont die Ermittlerin, als sie ins Wohnzimmer gehen.

Sie setzen sich auf die eleganten Polstermöbel und Franziska wird deutlicher.

„Frau Weiss, Sie haben vergessen, uns etwas zu erzählen."

„Ich glaube, ich hatte Ihnen alles gesagt."

„Ja, dass Sie Ihren Mann kurz begrüßt und anschließend nicht mehr gesehen haben. Das stimmt wahrscheinlich. Jedoch sind wir immer davon ausgegangen, dass Ihr Mann der mutmaßliche Mörder von Konstantin Kaiser gewesen sein könnte."

Die Polizistin legt ihr Smartphone auf den Tisch. Auf dem Display erscheint ein Foto mit einer Frau am Steuer.

„Wurde uns gerade vor gut zehn Minuten von den Kollegen der Verkehrspolizei per WhatsApp zugesendet. Schauen Sie mal genau auf das Datum und die Uhrzeit, Frau Weiss. Montagnacht, 0:47 Uhr, Saalburgchaussee. Nicht Ihr Mann ist in dieser Nacht noch einmal losgefahren, sondern Sie. Das mobile, blitzlose Infrarot-Radargerät hat alles festgehalten. Sie haben es nicht einmal gemerkt, als Sie auf dem Rückweg vom Tatort waren. Wären Sie bloß einen Tick langsamer unterwegs gewesen."

Michaela Weiss schaut betreten auf das Blitzerfoto.

„Kopf hoch, der perfekte Mord gelingt den wenigsten", schmunzelt Franziska. „Auch wenn ich anerkennen muss, dass Sie sehr nah dran waren und das alles sehr geschickt eingefädelt haben. Nur dass es eine kurzfristig eingerichtete Geschwindigkeitskontrolle auf der B456 gegeben hat, konnten Sie nicht ahnen."

„Es ist nicht so, wie Sie denken“, bricht die Beschuldigte ihr kurzes Schweigen.

„Da bin ich gespannt. Okay, ich kläre Sie jetzt über Ihre Rechte auf. Sie müssen nichts sagen, was Sie selbst belastet. Aber alles, was Sie sagen, kann gegen Sie verwendet werden. Haben Sie das verstanden, Frau Weiss?“

„Ja.“

„Gut, brauchen Sie einen Anwalt?“

„Ich glaube nicht.“

„Schön, legen wir los“, betont Franziska. „Sind Sie mit einer Aufzeichnung einverstanden?“

Frau Weiss nickt und Franziska packt ein kleines Diktiergerät aus, das sich in ihrer Jackentasche befindet.

Die Kommissarin beginnt das Verhör mit ihrem Standardspruch: Anlass, Namen der Anwesenden, Datum, Uhrzeit.

„Erzählen Sie einfach, warum Sie am Montagabend oder genauer formuliert in der Nacht zum Dienstag zur Saalburg gefahren sind“, leitet sie zum Fall über.

Mit gedämpfter Stimme beginnt Michaela Weiss ihre Ausführungen.

„Wie ich Ihnen bereits berichtet hatte, habe ich meinen Mann getroffen, als er von der Veranstaltung zurückkam.“

„Was geschah danach?“

„Er war ziemlich zerzaust und durch den Wind. Zudem redete er wirres, widersprüchliches Zeug. Dass er Konstantin Kaiser umgebracht hätte, obgleich er gar nicht so hart zugeschlagen habe. Ich versuchte, ihn zu beruhigen."

„Ist Ihnen das gelungen?

„Nicht wirklich. Ich fragte ihn, was passiert wäre, warum er so aufgeregt sei. Er sprach davon, dass es auf einem Waldweg an der Saalburg zu einer Schlägerei mit Konstantin gekommen sei. Der wäre zu Boden gegangen und hätte noch zwei reflexartige Tritte erhalten. Moritz sei zum Parkplatz gegangen, um kurz darauf zum Ort des Geschehens zurückzukehren und sich um den Verletzten zu kümmern. Der hätte plötzlich regungslos dagelegen, wie tot. In Panik wäre mein Mann zum Auto gerannt und nach Hause gefahren."

„Warum sind Sie beide nicht zur Polizei gegangen und haben uns den Fall gemeldet?", will Franziska wissen.

„Ich riet meinem Mann, zunächst mal ganz sachlich an die Geschichte heranzugehen. Möglicherweise war Konstantin gar nicht tot, sondern nur bewusstlos. Deshalb schlug ich Moritz vor, noch einmal zurück zur Saalburg zu fahren und nach ihm zu schauen. Doch er weigerte sich, sank auf die Erde und fing an zu heulen wie ein kleines Kind. Das habe er nicht gewollt, wiederholte er ständig. Es war zwecklos, er ließ sich zu nichts mehr bewegen."

„Und dann haben Sie sich zum vermeintlichen Tatort aufgemacht und selbst nach dem Rechten gesehen …?"

„Ja, ich bin ins Auto gestiegen und losgefahren."

„Haben Sie ihn gefunden?"

„Nein, ich stellte das Auto auf dem Parkplatz vor der Saalburg ab. Das dürfte so gegen halb eins gewesen sein. Jedenfalls liefen im Radio gerade Verkehrsmeldungen. Ich bin den besagten Feldweg hinuntergelaufen, zu der Stelle, wo mein Mann ihn niedergeschlagen hatte. Aber da war niemand. Also ging ich zurück zum Wagen."

„War das alles? Und warum sind Sie mit diesem Affenzahn wieder Richtung Bad Homburg gefahren, mit dieser Mordsgeschwindigkeit?"

„Auf einmal nahm ich Geräusche wahr, ungefähr hundert Meter entfernt, am Lagerdorf. Es hörte sich so an, als ob einer um Luft rang. Dort sah ich einen Menschen niedersinken, der von einer anderen Person in die Ausgrabungen gestoßen wurde. In diesem Moment begriff ich, einen Mord gesehen zu haben. Der Täter machte sich gleich aus dem Staub."

„Und was taten Sie?"

„Ich war paralysiert, stand nur da und zitterte. Eine gefühlte Minute konnte ich gar nichts tun. Dann bin ich zum Auto gelaufen und losgefahren. Als ich auf der Bundesstraße war, habe ich irgendwann Vollgas gegeben. Ich wollte nur noch weg, nach Hause."

„Konnten Sie den Täter erkennen?"

„Nein, es war dunkel und das Geschehen ist zu weit weg gewesen. Nur eines fiel mir auf, er schien groß zu sein."

„Haben Sie den Täter mit einem Schwert zustechen sehen?"

„Nein, daran kann ich mich nicht erinnern."

„Wussten Sie, dass es sich bei dem Ermordeten um Konstantin Kaiser handelte?"

„Ich ahnte es und am nächsten Tag las ich in den sozialen Netzwerken darüber. Das hatte ich Ihnen bereits erzählt."

„Warum haben Sie von Ihren nächtlichen Beobachtungen nichts gesagt?"

„Ich wollte nicht noch tiefer in die Sache hineingezogen werden. Das Geschehene ließ sich sowieso nicht mehr ändern. Und wer hätte mir geglaubt? Selbst wenn sich meine Unschuld herausstellen würde, wäre ich für alle Zeiten verdächtig – als diejenige, die aus obskuren Gründen am Tatort war. Solche Dinge vergessen die Leute nicht. Die würden überall tuscheln, ganz egal, wo ich auftauche."

„Und haben Sie Ihrem Mann erzählt, dass er nicht der Mörder sein konnte?"

„Ja, aber irgendwie hat ihm die Botschaft noch mehr zugesetzt. Plötzlich hatte er Angst vor dem unbekannten Mörder."

„Frau Weiss, wir müssen Sie mit aufs Revier nehmen. Solange Sie Ihre Geschichte nicht beweisen können, besteht dringender Tatverdacht. Außerdem müssen wir anhand Ihrer Aussage ein schriftliches Protokoll anfertigen und einen DNA-Abgleich vornehmen. Sie fahren mit unseren Kollegen mit, wir haben noch etwas anderes zu erledigen."

Zehn Minuten später verlassen alle das Haus. Michaela Weiss steigt in einen eigens angeforderten Streifenwagen, der sie zur Polizeistation in der Saalburgstraße fährt. Ihr am Vorabend aus Kanada eingetroffener Sohn begleitet sie.

Franziska Fröhling erhält derweil einen dringenden Anruf. Das bestätigt sie darin, sich zu beeilen. Zusammen mit Martin Breitner bricht sie auf, um den Fall endgültig zu lösen.

„Glaubst du ihr?", will Breitner wissen. „Wenn sie es tatsächlich nicht war, kommt ja nur unsere zweite Option infrage …"

„Wir werden es in Kürze wissen", erwidert seine Polizeikollegin und tritt aufs Gas. „Wie lauteten ihre Worte: Der Täter schien groß zu sein …"

Gleich werden sie sich dem Mann zuwenden, den sie vorgestern erstmals im Visier hatten: Jürgen Hübner.

26.

In weiser Voraussicht hatten sie das Haus der Hübners seit dem frühen Morgen überwachen lassen. Den Ermittlern waren Zweifel gekommen, ob in dem Gebäude in der Ober-Eschbacher Jahnstraße tatsächlich die pure Unschuld lebt. Auch die Untersuchungsergebnisse von

Spurensicherung und Gerichtsmedizin haben mit zu der Neubewertung beigetragen.

Schon kurz darauf stellen die beobachtenden Beamten reges Treiben fest. Erst hat Frau Hübner das Haus verlassen, sich per Fahrrad und einer Sporttasche auf den Weg gemacht. Im Anschluss sehen sie, wie Jürgen Hübner ebenfalls mit einer Sporttasche hantiert: Er verstaut sie in einem alten roten Polo. Bei dem Wagen handelt es sich um das Zweitgefährt der Hübners. Ihr Golf war bei dem rasanten Fluchtversuch am Mittwochfrüh geschrottet worden. Dass beide Eheleute mit Taschen das Haus verlassen haben, muss nichts Ungewöhnliches bedeuten. Die Sache erscheint jedoch verdächtig genug, sodass die Kollegen ihre Wahrnehmungen telefonisch an Franziska Fröhling weitergeben. Unmittelbar nach dem Besuch bei Michaela Weiss steigt die Kommissarin ins Auto, als sie den Anruf entgegennimmt.

„Wir wollten sowieso dorthinkommen", sagt sie. „Nehmen Sie notfalls die Verfolgung auf, wenn der Verdächtige in der Zwischenzeit aufbrechen sollte."

Zehn Minuten danach biegt sie mit Martin Breitner in die Jahnstraße in Ober-Eschbach ein, wo sie ihr Auto unauffällig abstellen. Diesmal wollen sie nicht wieder die gleichen Anfängerfehler machen wie vor zwei Tagen und Jürgen Hübner erneut entwischen lassen. Sicherheitshalber haben sie „Im Eschbachtal" einen Beamten postiert.

Beim Aussteigen sehen sie zwei Personen, die sich in der Nähe des Hauses der Hübners aufhalten.

„Die haben uns gerade noch gefehlt", flucht Martin Breitner. „Machen uns den ganzen Einsatz kaputt."

Energisch gehen die Polizisten auf Nik Herzberg und den Fotografen zu. Die Journalisten hoffen auf den großen Showdown und sind in Wartestellung.

„Mensch, machen Sie, dass Sie hier wegkommen", raunzt Breitner ihnen zu.

Direkt wendet er sich an Nik.

„Sie wissen doch, wie gefährlich das ist. Haben Sie nicht noch vom letzten Mal genug? Wollen Sie vom Hübner wieder eine verpasst bekommen? Oder sogar abgeknallt werden?"

„Halten Sie sich bitte im Hintergrund", bekräftigt Franziska mit ruhiger Stimme. „Wir sagen Ihnen Bescheid, wenn alles vorbei ist. Nachher können wir in aller Ruhe telefonieren."

Nik zieht sich zusammen mit dem Fotoreporter wie befohlen hinter die Frontlinie zurück. Er sieht, wie Jürgen Hübner das Haus verlässt und in den Polo steigt. Der Observierte startet den Motor, fährt los und biegt nach links ab.

Das erste zivile Polizeifahrzeug setzt sich gleichfalls in Bewegung und beginnt zu wenden. Die zwei Kommissare schließen sich an. Sie folgen Jürgen Hübner, der scheinbar von der ganzen Aktion nichts mitbekommen hat. Nik signalisiert seinem Begleiter, sich zum Auto zu begeben und vorsichtig hinterherzufahren. Die Journalisten springen hinein und starten. Dabei sehen sie den kleinen Polizeitross nach links abbiegen. Da sie das Fahrzeug in Fahrtrichtung geparkt haben, brauchen sie kein zeitaufwendiges Wendemanöver. Stattdessen können sie sich sofort anschließen, mit einem gebührenden Abstand von 200 Metern. Es geht durch die Ober-Eschbacher Straße, am Friedhof vorbei und über die Schienen der oberirdischen U-Bahn. Zum Glück bleibt die Schranke offen und so verlieren sie nicht schon vorzeitig den Anschluss. Auch an der Kreuzung zur Ringstraße brauchen sie nicht zu stoppen. Während der kleine Polizeikonvoi bei grünem Ampelzeichen durchfährt, schaffen es Nik und sein Kollege noch bei Gelb.

Über die Umgehungsstraße geht es bis zur Ausfahrt Richtung Zentrum. Auf dem Hessenring angelangt, geraten die Reporter ein wenig ins Hintertreffen.

Niks Mobiltelefon klingelt, Franziska Fröhling hat ihn angerufen.

„Ich kann euch nicht mehr im Rückspiegel sehen“, sagt die Kommissarin. „Das ist auch gut so, weil sich die Lage zuspitzt. Wir haben keine Ahnung, was Jürgen Hübner vorhat. Wissen Sie vielleicht mehr? Haben Sie etwas im Zuge Ihres Abstechers nach Malta erfahren?“

Nik fällt spontan die Erpressung ein, von der Jerome Freitag in Valletta erzählte.

„Ich weiß aber nur, dass es sie gibt“, antwortet Nik. „Mehr wollte mir mein Informant nicht verraten.“

„Gut, über die Vorenthaltung von ermittlungsrelevanten Informationen reden wir noch. Es sieht so aus, als ob die Ihnen gegenüber erwähnte Erpressung zur gegenwärtigen Situation passt. Jürgen Hübner scheint auf dem Weg zu einer Geldübergabe zu sein. Können Sie uns sagen, wer erpresst wird?“

„Die Investorengruppe, die das Colosseum errichten möchte. Ich hatte Kontakt mit einem Herrn Jerome Freitag, den ich in Valletta getroffen habe. Er berichtete mir davon, bat mich aber, nicht darüber zu schreiben.“

„Geben Sie mir bitte seine Telefonnummer? Ich muss ihn dringend kontaktieren.“

„Ja, nichts einfacher als das. In wenigen Sekunden schicke ich Ihnen eine WhatsApp.“

Die Fahrt geht am Marienbader Platz nach rechts, vorbei am Rathaus in Richtung Promenade. Dort biegt Jürgen Hübner nach links ab. Kurz darauf hält er auf den Parkflächen vor den Denkmälern vom 99-Tage-Kaiser Friedrich III. und dessen Frau Victoria. Um kein unnötiges Aufsehen zu erregen, fahren die Kommissare daran vorbei. Sie steuern ihr Auto über die Gegenfahrbahn auf einen freien Arztparkplatz der Privatklinik neben der Treppe. Von da haben sie Jürgen Hübner – trotz des üppigen Grüns am Rande des Kurparks – jederzeit im Blick: Er ist auf einen Abfalleimer zugegangen, den er genauer inspiziert.

„Sammelt er jetzt Pfandflaschen?“, rätselt Martin Breitner. „Zumindest würde das seine große Sporttasche erklären.“

„Nee, das hat er bald nicht mehr nötig“, meint Franziska. „Der sucht nach etwas anderem. Schau mal, er nimmt irgendein kleines Teil an sich. Er scheint gefunden zu haben, wonach er gewühlt hat. Ich ahne, welches Ziel er gleich ansteuert.“

Sie hatte gerade mit Jerome Freitag telefoniert. Der hatte ihr von der Geldübergabe berichtet und einen Ort genannt. Dahin scheint es zu gehen. Nur wenige Augenblicke später bewegt sich Jürgen Hübner auf sein Auto zu. Die Kommissare verständigen die Kollegen, die unauffällig in der Nähe des Verdächtigen gehalten hatten. Ihrerseits setzen sie aus der Parkfläche an der Klinik rückwärts auf die Promenade. Sie können nun den Verdächtigen weiter verfolgen.

Inzwischen hat nämlich auch Hübner sein Auto gewendet. Erst ist er in eine Hofeinfahrt auf der anderen Straßenseite gefahren, dann wieder rückwärts heraus und weiter in Richtung Gonzenheim. Sie lassen ihm einen ganz kleinen Vorsprung.

Nik Herzberg und sein Fotograf bleiben dran. Beide sehen, wie sich die Autos die Promenade abwärts bewegen. Am Abzweig zur Friesenstraße muss Jürgen Hübner am Stoppschild kurz warten und den Gegenverkehr vorbeilassen. Er fährt ein Stück weiter geradeaus und blinkt links. Es geht in den Seedammweg. Mit einem kleineren Abstand folgen die zivilen Polizeiautos.

Hübner biegt rechts in das Parkhaus am Seedammbad ein, gefolgt von einem der zivilen Polizeifahrzeuge. Ob er schwimmen gehen will, fragen sich seine Verfolger. Zumindest die Temperaturen wären an diesem Morgen warm genug für einen Ausflug ins kühle Nass. Die sonnigen Tage mit den klaren kühlen Nächten sind schwüleren Temperaturen gewichen, die ein Gefühl von Wärme geben.

Die Kommissare Franziska Fröhling und Martin Breitner parken gegenüber an der Taunus-Therme. Kurzerhand steigt Nik aus, nachdem die Journalisten das Seedammbad passiert haben. Sein Fotografenkollege sucht in der Zwischenzeit nach einem Abstellplatz für sein Fahrzeug. Das Parkhaus möchte er nicht benutzen, weil er von dort im Fall einer weiteren Verfolgung nicht schnell genug wegkommt.

Nik beobachtet, wie Jürgen Hübner den Eingang passiert. Der mutmaßliche Täter bewegt sich zum Automaten, holt sich eine Karte und passiert damit die Drehkreuze. Franziska Fröhling und Martin Breitner betreten ebenfalls das Schwimmbad – mit gehörigem Abstand. Sie zeigen an der Kasse ihren Dienstausweis und klettern sportlich über die Barrieren. Dabei sehen sie, wie Hübner geradeaus auf die großen orangenen Schließfächer bei den „Wechselkabinen" zugeht. Wie es vordergründig aussieht, schließt der Verdächtige seine Sachen ein. Anschließend marschiert er in Richtung Schwimmerbecken.

Auch Nik geht vorsichtig hinterher, ohne dass er gesehen wird. Eilig kauft er sich am Automaten ein Zwei-Stunden-Ticket und folgt den anderen.

Franziska Fröhling und Martin Breitner sind längst im Bilde. Aufgrund der Informationen von Jerome Freitag wissen sie, dass Hübner im Kurpark einen Schließfach-Schlüssel an sich genommen hat. Ihre Zielperson trägt die Sporttasche weiter mit sich und er muss das erpresste Geld aus dem Schließfach hineingesteckt haben. Oder er wird es auf dem Rückweg zum Ausgang tun. Spätestens dann wollen sie ihn festnehmen.

Wie es aussieht, will sich Jürgen Hübner zunächst auf den Stufen links vom 50-Meter-Becken niederlassen. Zu der frühen Tageszeit befinden sich hier kaum andere Gäste. Die Kommissare setzen sich auf eine Bank unterhalb der Restaurantterrasse. So haben sie Hübner im Blick. Einige Minuten lang passiert wenig, er sitzt auf seinem Handtuch und relaxt.

„Gut, dass er nicht in den FKK-Bereich gegangen ist", witzelt Martin Breitner. „Sonst müssten wir durch die Büsche linsen und würden als Spanner beschimpft werden."

Auf einmal steht der große, kräftige Mann auf und scheint tatsächlich im Wasser seine Bahnen ziehen zu wollen. Er verlässt die Stufen, braust sich unter der Dusche kalt ab und geht vorsichtig über die Treppe ins Wasser. Im Brustschwimmstil bewegt er sich langsam vorwärts.

„Der hat Nerven. Offensichtlich handelt es sich um ein Manöver", glaubt Franziska. „Er verhält sich so wie ein normaler Schwimmgast, damit er kein Aufsehen erregt. Und er macht das ganz cool, wohl wissend, dass er nachher das Schwimmbad als Millionär verlässt. Aber da haben wir auch noch ein Wörtchen mitzureden."

Ihr Kollege beschäftigt sich dagegen mit der sportlichen Leistung von Hübner.

„Drei Minuten für schlappe 100 Meter", lästert Breitner. „Der kann froh sein, dass er nicht absäuft."

Doch er wird beim Scherzen jäh unterbrochen.

„Verdammt!" schreit Franziska. „Die Frau da hinten. Wir müssen sie schnappen!"

Während sie die Augen auf Jürgen Hübner gerichtet haben, hat sich ein weiblicher Badegast – anfangs unbemerkt – die Sporttasche von Jürgen Hübner gegriffen. Die Frau flieht im Laufschritt über den Lieferantenweg, dessen Ausfahrt zur Straße geöffnet ist.

Die Polizisten geben sich ein schnelles Zeichen. Breitner läuft zum Ausgang, Franziska rennt der Frau hinterher – oder vielmehr in die Richtung, in die sie getürmt ist, denn sehen kann sie die Fliehende nicht. Alle Anstrengungen sind vergeblich, beide kommen zu spät. Die Frau hat den Fahrradständer erreicht und macht sich auf zwei Rädern aus dem Staub.

„So ein Mist, wir sind schon wieder verarscht worden", ärgert sich Breitner. „Wir leiten eine Großfahndung nach Steffi Hübner ein!"

Während die Polizisten ihren Frust über das Ablenkungsmanöver rauslassen, vernehmen sie unerwartet einen Knall und ein Scheppern. Kurz nach ihrer Flucht wurde Steffi Hübner jäh gestoppt, sie ist ganz in der Nähe gegen eine geöffnete Autotür gefahren. Die Polizisten eilen zu der Unfallstelle. Sie sehen das Auto des Fotografen der Hochtaunus-Post. Der Fahrer ist ausgestiegen und Nik Herzberg steht auf der Beifahrerseite. Das Fahrrad befindet sich auf der Erde und daneben liegt regungslos die so unsanft zur Strecke gebrachte Flüchtende.

„Job erledigt", meint Nik. „Ich habe den Braten gerochen. Als sie mit der Tasche abhauen wollte, habe ich sie verfolgt und dabei meinen Kollegen verständigt. Er ist vorgefahren und ich bin eingestiegen", erzählt er. „Sie wollte mit dem Rad verschwinden und wir hatten vor, uns dranzuhängen. Plötzlich habe ich sie im Rückspiegel kommen sehen."

Als die am Boden befindliche Steffi Hübner stöhnend wieder zu Bewusstsein kommt, kann sich der Journalist ein Grinsen nicht verkneifen.

„Hätte ich nicht geistesgegenwärtig die Beifahrertür geöffnet, wäre sie Ihnen entwischt", meint er. „Außerdem war sie mal Judomeisterin. Ich musste sie also mit einer einzigen knallharten Aktion erledigen, bevor sie handgreiflich wird."

Franziska dämmert es. Klar, laut dem Inhalt des Artikels hatte Jürgen Hübner erfolgreich an Judomeisterschaften teilgenommen. Sie hatten sich allerdings die ganze Zeit auf den Falschen fokussiert. In den Sportberichten war auch von einer Stefanie die Rede gewesen, die verschiedene Wettkämpfe gewonnen hatte. Das muss Steffi Hübner unter ihrem Mädchennamen gewesen sein. Sie könnte also doch Konstantin Kaiser die Luft abgedreht haben, die Technik dazu beherrscht sie in jedem Fall.

Martin Breitner bestellt einen Krankenwagen für die nicht allzu schwer Verletzte. Mittlerweile ist auch ihr Ehemann zur Unfallstelle gekommen. Er hatte die Verfolgung miterlebt und sich in Sorge um seine Frau aus dem Becken begeben. Er wird als Mittäter festgenommen. Denn in der von Steffi Hübner gegriffenen Sporttasche befindet sich das erpresste Geld. Diesmal zeigt er sich friedlich und lässt sich ohne Widerstand die Handschellen anlegen. Da er nur eine Badehose anhat, holt einer der Zivilpolizisten seine Kleidung aus dem Schwimmbad.

27.

Im Zuge der verhinderten Geldübergabe werden am späten Nachmittag überraschend die beiden Morde aufgeklärt: Es gibt ein umfassendes Geständnis und die Bad Homburger Presse erhält Informationen aus erster Hand. Während er am Telefon mit Kommissarin Fröhling spricht, tippt Nik die vorläufige Überschrift für seinen Artikel in der Hochtaunus-Post ein.

DAS SAALBURG-KOMPLOTT

Der Doppelmord ist aufgeklärt / Racheengel beging beide Taten

„Das Ganze ist schon eine tragische Sache", bedauert Franziska am anderen Ende der Leitung. „Das Opfer wird zum Täter und bringt die eigentlich Schuldigen um die Ecke."

„Wieso Opfer?", fragt Nik.

„Nach der Erstversorgung hat uns Steffi Hübner im Krankenhaus ihre Geschichte erzählt. Vor anderthalb Jahren ist sie bei einer Weihnachtsfeier von Konstantin Kaiser missbraucht worden. Zusammen mit Moritz Weiss waren sie die Letzten auf der Party. Kaiser hat ihr K.-o.-Tropfen ins Getränk geschüttet. Danach soll sie ziemlich enthemmt gewesen sein; es muss zum Akt mit dem Architekten gekommen sein."

„Kann sie das beweisen?"

„Ja, das Schwein zeichnete einige Sekunden mit einer Handykamera auf und schickte ihr im Suff das Sex-Selfie-Video zu. Jedenfalls hat das, was auf der Feier geschehen ist, ihr Leben von Grund auf verändert. Sie hätte versucht, das Ganze zu vergessen, sich stundenlang unter die Dusche gestellt. Äußerlich konnte sie alles abwaschen, aber innerlich war sie ein Wrack. Sie wollte keine Männer mehr berühren oder von ihnen berührt werden. Ihre Ehe ging zu Bruch, ihr Mann wurde krankhaft eifersüchtig, weil er vermeintliche Konkurrenten vermutete. Und auch das Verhältnis zu Moritz Weiss ist kaputt gegangen. Sie ließ ihn, der vorher zeitweise ihr Geliebter war, nicht mehr an sich ran. Außerdem machte sie ihm Vorwürfe, weil er am Abend der Weihnachtsfeier nichts gegen Kaiser unternommen hatte."

„Was geschah am Montagabend an der Saalburg?", platzt Nik fast vor Neugier.

„Steffi Hübner war in der Nähe, denn sie ahnte, dass Kaiser da sein würde. Sie hat ihn häufiger verfolgt, aus Verzweiflung, weil sie nicht wusste, wie sie sich rächen kann. Und auf einmal kam die Gelegenheit. Noch leicht angeschlagen von der Abreibung durch Moritz Weiss humpelte Konstantin Kaiser am ausgegrabenen Lagerdorf vorbei. Und dann hat Steffi Hübner mit ihm das gemacht, was sie früher mit ihren Gegnerinnen gemacht hatte. Sie setzte einen Würgegriff wie damals beim Judo an, mit dem Unterschied, dass sie diesmal keine Gnade walten ließ. So hat sie Konstantin Kaiser das Licht ausgeknipst."

„Und wie tauchte auf einmal das Schwert auf?"

„Da kam Michaela Weiss ins Spiel", erzählt Franziska. „Sie hatte den Mord zufällig mitbekommen. Irgendwie wusste sie, was Steffi Hübner damals widerfahren war. Womöglich fand sie die Strafe für Kaiser gerecht, jedenfalls hat sie geholfen, die Tat zu vertuschen. Dafür spricht auch ihre Falschaussage vom großen Täter, den sie gesehen haben wollte. Das Schwert stammte aus dem Auto ihres Mannes. Wie Sie selbst rausgefunden haben, hat er diese Römerspektakel auf der Saalburg immer unterstützt. Die beiden Frauen nahmen das Utensil und dekorierten die Leiche von Konstantin Kaiser. So versuchten sie, den Verdacht auf Gegner des Colosseums zu lenken.

Außerdem hat Steffi Hübner mit dem Schwert eine Art symbolische Handlung vollzogen. Damit konnte sie denjenigen demütigen, der sie gedemütigt hatte."

„Was war mit dem zweiten Mord?"

„Frau Hübner hatte bereits eine Tat begangen. Würde sie entdeckt werden, bekäme sie vermutlich sowieso lebenslänglich. Da kam es auf einen Mord mehr oder weniger nicht mehr an. Also wollte sie gleich mehrere Dinge auf einmal lösen – sich auch an Moritz Weiss rächen und ihren Mann in den Knast bringen. Sie konnte dessen ewige Eifersuchtsanfälle einfach nicht ertragen. Er machte ihr das Leben zur Hölle. Also brachte sie Weiss um und inszenierte alles andere, wie die Geschichte mit den verbrannten Unterlagen. Mit einer männlichen Computerstimme, mit der sie schon die Organisation um Jerome Freitag erpresst hatte, lockte sie ihren Mann zum Tatort – mittels des Handys von Konstantin Kaiser. So wollte sie ihm die Tat in die Schuhe schieben. Die wie eine Geiselnahme aussehende Flucht am nächsten Morgen kam ihr entgegen, das machte ihren Mann erst recht verdächtig. Ach ja, Nik Herzberg: Es war Zufall, dass Sie sich vor dem zweiten Mord zuvor mit Weiss verabredet hatten und in der Nähe waren. Ihre These mit dem Bommersheimer Weg und der Verbindung zu Leo von Burtenbach ist leider nicht haltbar."

„Und die Erpressung?"

„War zunächst auch ein Ablenkungsmanöver. Später plante sie, damit im Seedammbad ihren Mann zum Schafott zu bringen, der für sie aus Liebe den Boten machte. Jürgen Hübner wusste gar nicht, dass er fünf Millionen Euro aus dem Schließfach geholt hat. Sie rechnete damit, dass wir ihn verfolgen würden. Das Handy von Konstantin Kaiser und das Messer, mit dem Weiss erstochen wurde, hat sie in seine Tasche gepackt. So sollte er auch für den ersten Mord infrage kommen. Doch im Affekt beging sie aus Geldgier einen Fehler und wir – pardon Sie – haben die Dame gestellt."

„Und warum hat sie die Morde zugegeben?", fragt Nik. „Es gab zum jetzigen Zeitpunkt keine wirklichen Beweise."

„Möglicherweise befürchtete sie, dass wir ihr früher oder später auf die Schliche gekommen wären, etwa bei neuerlichen Analysen der Messerstiche. Zudem haben wir die DNA von einer Frau und einem Mann am Tatort gefunden. Es dürfte ihre sein und die ihres Mannes, die sie irgendwie dahin gebracht hat. Aber ich vermute, dass es noch etwas anderes war. Auf diese Weise konnte sie mit dem dunklen Kapitel in ihrem Leben abschließen. Anderthalb Jahre ging es mit ihr nur bergab, ein totaler Kontrollverlust. Am Ende hat sie doch die Oberhand behalten. Sie bestimmte, was mit denen geschieht, die ihr Böses angetan haben. Und es scheint ihr offensichtlich wichtig, dass auch andere davon erfahren. Besser wäre es gewesen, wenn sie Kaiser angezeigt hätte, aber das ist leicht gesagt."

Abschließend wird Nik von Franziska gebeten, die familiären Dinge der Hübners bei seinen Artikeln außen vor zu lassen. Der Ehemann sollte zunächst nichts vom Verrat seiner Frau mitbekommen. Das wäre derzeit zu viel für ihn, wenn er erfährt, dass die eigene Gattin plante, ihn ins Gefängnis zu bringen.

Epilog

Gut zwei Wochen nach dem furiosen Finale im Seedammbad befinden sich Franziska Fröhling und Nik Herzberg auf der Saalburg. Maxim Haas hat die beiden eingeladen. An diesem Wochenende findet ein „Römerlager“ statt, bei dem der frühere Lateinlehrer aktiv mitmischt. Er ist in eine antike Uniform geschlüpft und spielt einen Soldaten mit Speer, Schwert und einem großen, bunten Schild. Sie befinden sich im hinteren Bereich der Festungsanlage, wo über hundert Zuschauer neugierig warten, um einer Vorführung zuzusehen. Dafür wurde ein großes, quadratisches Feld abgesteckt, auf dem ein antik gekleideter Moderator den nächsten Programmpunkt ankündigt.

„Steht Ihnen wirklich gut“, lobt Franziska das Outfit des römischen Soldaten.

„Ja, außerordentlich“, stimmt Nik zu. „Es ist Ihnen anzusehen, wie Sie in der Rolle aufgehen.“

„In der Tat“, bestätigt Haas. „Das alles hier macht mir riesigen Spaß.“

„Wie ist denn nun Ihr Verhältnis zu Leo von Burtenbach?“, fragt Nik. „Als ich Sie damals in Wehrheim getroffen habe, waren Sie nicht besonders gut auf ihn und sein Projekt zu sprechen. Sie schienen spinnefeind zu sein.“

„Na ja, da wusste ich noch nicht, dass es sich um meinen Freund von früher handelt. Ich habe es freilich irgendwie geahnt.“

„Hat Sie der gemeinsame Abend wieder zusammengebracht?“

„Ja, alte Freundschaft rostet nicht. Ich bin von ihm sogar gefragt worden, ob ich sein fachlicher Berater beim Colosseum werden möchte.“

„Und, wollen Sie?“, klinkt sich Franziska neugierig wieder ein.

„Ich denke schon“, entgegnet Haas. „Jeder ist korrupt, ich auch.“

„Zahlt er so viel Geld?“

„Nein, aber alle Menschen brauchen eine Aufgabe und ein bisschen aus dem Trott rauszukommen, tut mir ganz gut. Ich möchte nicht bis an mein Lebensende zu Hause über alten Geschichtsbüchern hocken und meiner Frau auf den Wecker fallen. Und vielleicht kann ich ja das Schlimmste verhindern und die totale Kommerzialisierung der römischen Geschichte zumindest ein bisschen stoppen.“

„Wenn alle Stricke reißen, können Sie das Projekt immer noch mit der Ansiedlung von Juchtenkäfern aufhalten“, gibt Franziska ihm einen Rat.

Nik sorgt sich derweil um seine Zeitung.

„Bestimmt schreiben Sie keine bösen Leserbriefe mehr. Schließlich sind Sie jetzt auf der anderen Seite …“

„Warten wir mal ab, wie sich die ganze Sache entwickelt.“

Während er das sagt, deutet er in die Richtung der bereit stehenden Soldaten.

„Ich muss in die Schlacht ziehen, die anderen warten auf mich."

„Viel Glück!", ruft ihm Franziska hinterher.

„Ist doch eh alles nur gespielt", kommentiert Nik.

„Ja, allerdings irgendwie schöner", begeistert sich die Kommissarin. „Und viel anschaulicher als so ein dreidimensionales Multimediaspektakel mit Sound und Windeffekten. Ein bisschen hat Herr Haas schon seine Seele verkauft", beklagt sie.

„Manchmal muss auch ein angestaubter Lateiner größer denken", sagt Nik. „Erst recht, wenn er so einen Vornamen hat. Im alten Rom gab's den Circus Maximus. Da fanden die Wagenrennen statt. Eine solche Multimedia-Show mit dem Klang der Wagen, dem Getrampel der Pferde und dem Schrei der Massen wäre schon eine tolle Geschichte. So wie damals in dem Film Ben Hur, nur noch viel gigantischer. Und wir alle werden interaktiv mittendrin sein. Sozusagen als Teil einer großen Sache."

„Oje, das digitale Römerfieber hat Sie jetzt auch gepackt", befürchtet Franziska. „Ich kenne da ein gutes Gegenmittel."

„Welches wäre das?", sieht Nik die Polizistin fragend an.

„Sie machen hier einfach gleich bei der Wehrübung mit", regt Franziska an. „Dabei werden Sie feststellen, dass es im einfachen Leben eines richtigen römischen Soldaten wesentlich mehr Spannung und Überraschungen gibt."

„Und wenn ich dabei zu Schaden komme?"

„Dann kläre ich den Fall garantiert auf", verspricht Franziska. „Und ich übermittle Ihre letzten Worte an die Nachwelt."

„Was werde ich von mir geben, bevor ich für immer abdanke?", will Nik wissen.

„Den Ausspruch eines großen Mannes: Veni, vidi, vici!"

Ebenfalls erhältlich ist der erste Bad Homburg Krimi von Peter Borstel: **Hessisch Roulette** – im Buchhandel oder unter: www.publicafairs.de

„Ein Muss für Homburger, die gern Krimis lesen. Wer sich hier auskennt, wird es mögen, mit Nik Herzberg durch die Straßen zu ziehen, vorbei an Homburger Historie und typischen Themen der Kurstadt.“ ***(Taunus Zeitung)***